LA MAI

Paru dans Le Livre de Poche :

MADEMOISELLE FIFI.
LE HORLA.
UNE VIE.
LE ROSIER DE MADAME HUSSON.
FORT COMME LA MORT.
MITSI.
CONTES DE LA BÉCASSE.
TOINE.
YVETTE.
BOULE DE SUIF.
BEL-AMI.
LA PETITE ROQUE.
MISS HARRIET.
PIERRE ET JEAN.
LES SŒURS RONDOLI.
LA MAIN GAUCHE.
MONT-ORIOL.
SUR L'EAU.
NOTRE CŒUR.
LES DIMANCHES D'UN BOURGEOIS DE PARIS.
MONSIEUR PARENT.

GUY DE MAUPASSANT

La maison Tellier

PRÉFACE, COMMENTAIRES ET NOTES
DE PATRICK WALD LASOWSKI

ALBIN MICHEL

PRÉFACE

> Une femme ne peut aimer passionné-
> ment qu'après avoir été mariée. Si je la
> pouvais comparer à une maison, je
> dirais qu'elle n'est habitable que lors-
> qu'un mari a essuyé les plâtres.
>
> *Une ruse.*

LE 2 avril 1881, Guy de Maupassant écrit à Edmond
de Goncourt pour le remercier et le féliciter de *La
Maison d'un artiste*. Tous ces bibelots et œuvres
d'art qu'ont rassemblés les deux frères, qu'épingle
le style artiste, en font un "musée exquis" : « Après
avoir lu, admiré et relu, j'ai tardé à vous écrire
pour vous remercier, parce que j'ai eu à corriger
frénétiquement des épreuves pour un petit volume
qui va paraître... » *La Maison Tellier*, dont Maupassant corrige frénétiquement les épreuves, répond à
La Maison d'un artiste. Les deux "maisons" se croi-
sent, s'observent, se dévisagent mutuellement.
Livres, maison close, maison de l'écrivain — entre
lesquels s'agite Maupassant. Edmond de Goncourt
ne s'y trompe pas, jugeant, trois ans plus tard, le

5

mobilier du rez-de-chaussée qu'occupe Maupassant dans la rue Montchanin. Hétéroclite, entassé, surchauffé dans le mélange des styles qui s'excitent et se frottent l'un contre l'autre : « qui semble réaliser l'idéal du mobilier rêvé par le possesseur d'un Gros huit de l'avenue de Suffren, qui aurait fait sa fortune » *(Journal des Goncourt).* Son mobilier l'érige en tenancier de *maison* : jamais Maupassant n'aura su sauver les meubles... Mais du château de Miromesnil à la maison de santé du docteur Blanche, entre l'impossible musée raffiné et l'énorme Gros Huit, la femme du moins offret-elle un refuge ?... C'est l'interrogation majeure qui hante Maupassant, qui mange et nourrit tous ses contes : si elle est une "maison", à quel prix la femme est-elle "habitable"...

A la seconde moitié du XIXᵉ siècle (si bourgeoise jusque dans l'angoisse qui la "sauve"), la maison close apporte une réponse. C'est qu'elle s'offre d'abord, proprement, comme un lieu. On peut s'y rendre, s'y arrêter, en sortir. Peu importent les filles, la *maison* couvre tout, c'est elle, pour un moment, que l'on vient habiter. La clôture la circonscrit, la fonde — comme elle définit ce siècle, avant tout propriétaire. Et l'on voit Huysmans, le collaborateur des *Soirées de Médan*, l'ami de Maupassant, conduit par la recherche obsessionnelle d'un "intérieur", entre le Ministère et la Gnose, depuis les bouges du Quartier latin jusqu'aux abords des couvents, de la maison close des premières œuvres jusqu'à la clôture monastique. Et Maupassant lui-même se montre soucieux d'un lieu qu'il puisse enfin occuper, pleinement, confortablement, tout comme un autre. « Voilà, écrit Philippe Bonnefis, ce qui fascine Maupassant (lui qui n'a affaire qu'au mal-être ; lui qui a mal à l'être) que cette perversion de l'être-à-soi, maintenu coûte que coûte, cette faculté dont fait preuve le bourgeois d'y être bien quoi qu'il arrive » *(Comme Maupassant)*. Mais comment Maupassant pourrait-il demander à une maison close de lui offrir ce confort essentiel que connaît le bourgeois ? Cette maison accueillante — dont la clôture satisfait aux exigences du XIXᵉ — est une maison de passage, où l'on ne fait que passer. Maison publique ouverte au long des nuits, ouverte à toutes les influences, promise à tous : faux lieu, foyer d'ironie, maison hantée — c'est une figure de style qui la clôt... De là, pour une grande part, naît la fascination. Et les Goncourt, si fins, si distingués, si artistes, ont tant de fois visité les *maisons* les plus diverses, gouffres, bouches, voraces, que tend la vie moderne. "Au gros 9", par exemple, « long corridor avec un tas de cellules grandes comme la main... », sinistre exploration d'un jour blafard. Ou encore, « dans le plus connu des bordels de Paris, la Farcy, maintenant Elisa », où la désillusion est portée à son comble : « Le salon est un salon de dentiste. » Le désir, comme un gant, se tourne en amertume : « Ce serait à faire croire aux postérités que nous fûmes un peuple de portiers, culbutant des laveuses de vaisselle dans le décor et le mobilier d'un roman de Paul de Kock » *(Journal des Goncourt)*. Il fallait aux deux frères habiter la maison d'un artiste pour s'y laver et retremper au retour. Comme au sortir de ce comptoir où veillent « sept à huit vieilles, vieilles comme des sibylles, dans des poses ratatinées, mises avec des loques de spectres, les genoux près du corps, voûtées ». Car l'on ne peut aller ici que de pire en pire. Car cela, le Réel, "l'ignoble Réel" (C. Mendès), empire nécessairement. Après les laveuses de vaisselle et arracheuses de dents, voici les antiques et tranchantes filandières ratatinées dans la crapule : « Dans le quartier, ce lupanar est plutôt connu sous ce terrible nom : *les Parques...* » Maisons closes, la Mort a condamné ces lieux.

Et cependant, voici ce que Maupassant retient de *La Fille Elisa* : « La *"maison"* militaire est magnifique ! et je ne connais rien de plus charmant que celle de province avec les tourbillons d'oiseaux qui la mangent » (lettre à Edmond de Goncourt, 23 mars 1877). Rien de plus charmant en effet, les oiseaux chantent, c'est à ravir. Les teintes glauques, l'atmosphère lourde, l'épaisseur du fard crevant la page rebutent Maupassant qui, aux séductions de l'écriture artiste comme au naturalisme — *"trop farce"* —, oppose un rire énorme. Ce rire qu'il voudrait sain et sonore, les vrais éclats d'un faune, qui accompagne chacune de ses farces, chacune de ses "prouesses", ce rire adressé à Flaubert. C'est en effet pour lui avant tout que Maupassant écrit, met en scène et interprète par deux fois (en 1875 et 1877) *A la feuille de rose, maison turque*, y tenant le rôle d'une fille affreusement ravagée. Le siècle se distrait en invoquant ce qui le hante. Mais cette *maison turque* est un hommage, un signe secret entre eux, la confirmation d'une communauté littéraire, puisqu'elle renvoie directement à l'établissement de la Turque, "lieu de perdition" et "obsession secrète de tous les adolescents", qu'évoquent Frédéric et Deslauriers aux dernières pages de *L'Éducation sentimentale.* L'éducation s'achève où elle aurait dû commencer ; on n'en sort pas. De même Maupassant, qui s'obstine, entraînant Flaubert avec lui, lui racontant ses exploits, lui renvoyant l'huissier à titre de témoignage. Comme si, "fier mâle" (Zola), il était condamné à en faire perpétuellement la preuve : « Maupassant, poussé à bout par l'incrédulité de Flaubert, se rendit, une fois, dans une maison close, escorté d'un huissier auquel il fit constater qu'en une heure, il avait possédé six pensionnaires » (*Ma vie et mes amours*, F. Harris). Le petit tailleur est descendu en maison close. Il compte, accompagné de l'huissier qui gouverne l'ouverture et la fermeture des portes. Et le seul fait d'y introduire ce personnage officiel, si essentiel à la société bourgeoise dont il est l'exécuteur, qui constate, somme, saisit, procède à l'expulsion, montre à quel point rien n'est plus net, plus strict, plus pratique que l'usage que Maupassant fait de la maison close. Dans la comptabilité, et le procès-verbal qui l'achève, toute la sexualité, d'un trait — le coup de folie du désir, l'insistance du fantasme, les multiples menaces — est complètement absorbée. La comptabilité se donne comme le contraire de la fascination. Tous les liens sont coupés ; cela est clair et net : on passe à l'épreuve suivante. Telle est, me semble-t-il, l'économie qui gouverne l'écriture des *Contes et Nouvelles*. Ces nouvelles qui sont, à la lecture, immédiatement assimilées, qui se résorbent d'elles-mêmes, aussitôt liquidées, aussitôt consommées : elles passent bien, on en demande encore...

« Nous sommes de plus en plus pressés, écrit Jules Lemaitre ; notre esprit veut des plaisirs rapides ou de l'émotion en brèves secousses : il nous faut du roman condensé s'il se peut, ou abrégé si l'on n'a rien de mieux à nous offrir » (« Guy de Maupassant », *Les Contemporains*). Ces "brèves secousses", ces "plaisirs rapides" sont exactement ceux qu'offre la maison close. Plaisirs comptables, s'il en est. Et Maupassant qui dans une lettre suffocante à Laure (novembre 1872) fait lui-même, longuement, le compte des revenus de son père avant de fixer ses propres ressources, ce qui lui revient pour ses "menus plaisirs", Maupassant qui ne cesse de harceler ses éditeurs pour qu'ils "fassent le compte", Maupassant pressent parfaitement la sexualité de la nouvelle : il était fait pour régaler ces lecteurs empressés.

C'est qu'il y a dans l'auteur de *La Maison Tellier* — l'homme et l'écrivain par là se confondent — du Théodule Sabot passant en confession. Le curé lui demande s'il a trompé sa femme, le menuisier s'indigne, puis réfléchit : « Quand j'vas-t-à la ville, dire que je n'vas jamais dans une maison, vous savez bien dans une maison de tolérance, histoire de rire et d'badiner un brin et d'changer d'peau pour voir, pour ça je n'dis pas... Mais j'paye, monsieur le curé, j'paye toujours, du moment qu'on paye, ni vu ni connu je t'embrouille » *(La Confession de Théodule Sabot)*. A qui demande le prix qu'il faut payer, la maison close avance le tarif. Elle fixe le prix, il suffit de régler et l'on est délivré. Il faut y voir la source de l'entêtement de Maupassant : l'obstination de l'écrivain qui multiplie ses nouvelles, l'entêtement sexuel du « taureau triste » qui passe de *maison* en *maison*, changeant de peau pour rire, pour avoir l'occasion chaque fois de se mettre en règle, de s'acquitter le plus scrupuleusement du monde. S'acquitter ! au centime près, pour qu'il ne reste rien, pour être quitte envers le Réel, pour être enfin, complètement, déchargé. S'acquitter pour recommencer sans cesse, et mimer toujours cet impossible règlement. Il y consacre dix ans avant de s'effondrer. Car qui "s'embrouille" et s'aveugle dans l'illusoire "ni vu ni connu" du paiement comptant, rubis qui brille sur l'ongle, sinon Maupassant lui-même. C'est le paradoxe du taureau, son impotence, le nœud de perclusion : Maupassant n'avance pas. Il est, fondamentalement, perclus. "Perclus de fatigue" comme la fille de *L'Odyssée d'une fille*, "perclus d'étonnement" comme Mme Lerebour *(La Serre)*, "perclus de névralgies" comme il s'en plaint régulièrement au long de sa correspondance. Maupassant s'avance perclus... Piétinant de nouvelle en nouvelle, ne sachant invoquer aucun autre moyen : il « y» est toujours reconduit. C'est le moyen de Roger quand, le soir de ses noces avec une veuve qui l'intimide, frappé d'impuissance, il quitte le lit conjugal pour tenter l'expérience auprès des filles : « Je connaissais une hôtellerie d'amour non loin de ma demeure, et j'y courus, j'y entrai comme font ces gens qui se jettent à l'eau pour voir s'ils savent encore nager.

« Je nageais, et fort bien » *(Le Moyen de Roger)*. C'est l'aporie qu'il faut fixer : ce qui, dans l'immédiat, dénoue Roger est au fond, en fin de compte, ce qui le pétrifie. Opposant aux épouses menaçantes — dont on ne sait jamais ni ce qu'elles valent, ni ce qu'elles coûtent réellement — la transparence des filles, Maupassant ne « nageait » que trop bien... Et l'on sait à présent que la femme n'est habitable, à ses yeux, que sous le couvert d'une *maison*, comme après le passage d'un mari. L'époux et le fait de payer ont effacé l'ardoise, ont essuyé les plâtres. Maupassant s'entête à le croire, il s'épuise à l'écrire. Telle est encore, à rebours, la morale d'*Un sage*. Ce n'est qu'après avoir donné un amant à son épouse trop possessive, vraie goule vorace sous des dehors innocents, que le héros retrouve la santé. "Rose, gras, ventru", il prend le narrateur sous le bras, et la nouvelle se termine : « Et tout à coup il me souffla dans l'oreille : "Si nous allions voir des filles, hein ?" Je me mis à rire franchement. "Comme tu voudras. Allons, mon vieux." » C'est cela, allons-y, marchons, car c'est le lieu où l'on va, une fois encore et comme au premier jour : « On allait là, chaque soir, vers onze heures, comme au café, simplement » *(La Maison Tellier)*...

C'est ainsi que, en 1881, l'histoire d'une maison close tranquille et respectable — au point de causer la perte de *Monsieur* qui se ramasse, se rassemble, gonfle, étouffe et crève de santé — ouvre l'innombrable série des *Contes et Nouvelles* de Maupassant. D'entrée Maupassant affirme l'assise, l'aplomb de sa Maison Tellier. Bonne maison, solide, désormais établie, jouissant de la meilleure réputation, à partir de laquelle il se trouve engagé dans l'aventure des écrivains condamnés à « produire », à repasser l'épreuve chaque jour, chaque jour à se remettre en règle... Le succès lui permet cependant de s'offrir une villa, mais il faut écrire, écrire toujours plus — encore s'acquitter : « Il m'a fallu produire tant de copie pour payer une maison que j'ai fait construire à Étretat, que je ne pouvais vraiment plus trouver deux heures » (Lettre à Zola, janvier 1882). L'écrivain, donc, a sa maison, qu'il décide d'appeler "La Maison Tellier" — son domicile enfin fixé ? — jusqu'au jour où ses belles voisines, choquées, lui demandent de retirer ce nom. Et Maupassant accepte. Car il sait bien au fond qu'il ne pourra jamais, pleinement, l'habiter, que cela lui est refusé pour toujours, qu'il n'a d'autre ressource que cette errance immobile, d'autre "moyen" que de construire, nouvelle après nouvelle, fidèle à lui-même et toujours meilleur dans ses dernières productions, dont tous les narrateurs empressés qui ouvrent le récit sont les très habiles représentants de commerce, ayant ses comptoirs en Normandie, à Paris et à Cannes, pour solde de tout compte, *la Maison Maupassant, Contes et Nouvelles*.

P. Wald Lasowski.

A
IVAN TOURGUÉNEFF

*Hommage d'une affection profonde
et d'une grande admiration.*

GUY DE MAUPASSANT

LA MAISON TELLIER

I

On allait là, chaque soir, vers onze heures, comme au café, simplement.

Ils s'y retrouvaient à six ou huit, toujours les mêmes, non pas des noceurs, mais des hommes honorables, des commerçants, des jeunes gens de la ville ; et l'on prenait sa chartreuse en lutinant quelque peu les filles, ou bien on causait sérieusement avec *Madame*, que tout le monde respectait.

Puis on rentrait se coucher avant minuit. Les jeunes gens quelquefois restaient.

La maison était familiale, toute petite, peinte en jaune, à l'encoignure d'une rue derrière l'église Saint-Étienne ; et, par les fenêtres, on apercevait le bassin plein de navires qu'on déchargeait, le grand marais salant appelé « la Retenue » et, derrière, la côte de la Vierge avec sa vieille chapelle toute grise.

Madame, issue d'une bonne famille de paysans du département de l'Eure, avait accepté cette profession absolument comme elle serait devenue modiste ou lingère. Le préjugé du déshonneur attaché à la prostitution, si violent et si vivace dans les villes, n'existe pas dans la campagne normande. Le paysan dit : « C'est un bon métier » ; — et il envoie son enfant tenir un harem de filles comme il l'enverrait diriger un pensionnat de demoiselles.

Cette maison, du reste, était venue par héritage d'un vieil oncle qui la possédait. *Monsieur* et *Madame*, autrefois aubergistes près d'Yvetot, avaient immédiatement liquidé, jugeant l'affaire de Fécamp plus avantageuse pour eux ; et ils étaient arrivés un beau matin prendre la direction de l'entreprise qui périclitait en l'absence des patrons.

C'étaient de braves gens qui se firent aimer tout de suite de leur personnel et des voisins.

Monsieur mourut d'un coup de sang deux ans plus tard. Sa nouvelle profession l'entretenant dans la mollesse et l'immobilité, il était devenu très gros, et la santé l'avait étouffé.

Madame, depuis son veuvage, était vainement désirée par tous les habitués de l'établissement ; mais on la disait absolument sage, et ses pensionnaires elles-mêmes n'étaient parvenues à rien découvrir.

Elle était grande, charnue, avenante. Son teint, pâli dans l'obscurité de ce logis toujours clos, luisait comme sous un vernis gras. Une mince garniture de cheveux follets, faux et frisés, entourait son front, et lui donnait un aspect juvénile qui jurait avec la maturité de ses formes. Invariablement gaie et la figure ouverte, elle plaisantait volontiers, avec une nuance de retenue que ses occupations nouvelles n'avaient pas encore pu lui faire perdre. Les gros mots la choquaient toujours un peu ; et quand un garçon mal élevé appelait de son nom propre l'établissement qu'elle dirigeait, elle se fâchait, révoltée. Enfin elle avait l'âme déli-

16

cate, et bien que traitant ses femmes en amies, elle répétait volontiers qu'elles « n'étaient point du même panier ».

Parfois, durant la semaine, elle partait en voiture de louage avec une fraction de sa troupe ; et l'on allait folâtrer sur l'herbe au bord de la petite rivière qui coule dans les fonds de Valmont. C'étaient alors des parties de pensionnaires échappées, des courses folles, des jeux enfantins, toute une joie de recluses grisées par le grand air. On mangeait de la charcuterie sur le gazon en buvant du cidre, et l'on rentrait à la nuit tombante avec une fatigue délicieuse, un attendrissement doux ; et dans la voiture on embrassait Madame comme une mère très bonne, pleine de mansuétude et de complaisance.

La maison avait deux entrées. A l'encoignure, une sorte de café borgne s'ouvrait, le soir, aux gens du peuple et aux matelots. Deux des personnes chargées du commerce spécial du lieu étaient particulièrement destinées aux besoins de cette partie de la clientèle. Elles servaient, avec l'aide du garçon, nommé Frédéric, un petit blond imberbe et fort comme un bœuf, les chopines de vin et les canettes sur les tables de marbre branlantes, et, les bras jetés au cou des buveurs, assises en travers de leurs jambes, elles poussaient à la consommation.

Les trois autres dames (elles n'étaient que cinq) formaient une sorte d'aristocratie, et demeuraient réservées à la compagnie du premier, à moins pourtant qu'on n'eût besoin d'elles en bas et que le premier fût vide.

Le salon de Jupiter, où se réunissaient les bourgeois de l'endroit, était tapissé de papier bleu et agrémenté d'un grand dessin représentant Léda étendue sous un cygne. On parvenait dans ce lieu au moyen d'un escalier tournant terminé par une porte étroite, humble d'apparence, donnant sur la rue, et au-dessus de laquelle brillait toute la nuit, derrière un treillage, une petite lanterne comme celles qu'on allume encore en certaines villes aux pieds des madones encastrées dans les murs.

Le bâtiment, humide et vieux, sentait légèrement le moisi. Par moments, un souffle d'eau de Cologne passait dans les couloirs, ou bien une porte entrouverte en bas faisait éclater dans toute la demeure, comme une explosion de tonnerre, les cris populaciers des hommes attablés au rez-de-chaussée, et mettait sur la figure des messieurs du premier une moue inquiète et dégoûtée.

Madame, familière avec les clients ses amis, ne quittait point le salon, et s'intéressait aux rumeurs de la ville qui lui parvenaient par eux. Sa conversation grave faisait diversion aux propos sans suite des trois femmes ; elle était comme un repos dans le badinage polisson des particuliers ventrus qui se livraient chaque soir à cette débauche honnête et médiocre de boire un verre de liqueur en compagnie de filles publiques.

Les trois dames du premier s'appelaient Fernande, Raphaële et Rosa la Rosse.

Le personnel étant restreint, on avait tâché que chacune d'elles fût comme un échantillon, un résumé de type féminin, afin que tout consommateur pût trouver là, à peu près du moins, la réalisation de son idéal.

Fernande représentait la *belle blonde*, très grande, presque obèse, molle, fille des champs dont les taches de rousseur se refusaient à disparaître, et dont la chevelure filasse, écourtée, claire et sans couleur, pareille à du chanvre peigné, lui couvrait insuffisamment le crâne.

Raphaële, une Marseillaise, roulure des ports de mer, jouait le rôle indispensable de la *belle Juive*[1], maigre, avec des pommettes saillantes plâtrées de rouge. Ses cheveux noirs, lustrés à la moelle de bœuf, formaient des crochets sur ses tempes. Ses yeux eussent paru beaux si le droit n'avait été marqué d'une taie. Son nez arqué tombait sur une mâchoire accentuée où deux dents neuves, en haut, faisaient tache à côté de celles du bas qui avaient pris en vieillissant une teinte foncée comme les bois anciens.

Rosa la Rosse, une petite boule de chair tout en ventre avec des jambes minuscules, chantait du matin au soir, d'une voix éraillée, des couplets alternativement grivois ou sentimentaux, racontait des histoires interminables et insignifiantes, ne cessait de parler que pour manger et de manger que pour parler, remuait toujours, souple comme un écureuil malgré sa graisse et l'exiguïté de ses pattes ; et son rire, une cascade de cris aigus, éclatait sans cesse, de-ci, de-là, dans une chambre, au grenier, dans le café, partout, à propos de rien.

Les deux femmes du rez-de-chaussée, Louise, surnommée Cocote, et Flora, dite Balançoire parce qu'elle boitait un peu, l'une toujours en *Liberté* avec une ceinture tricolore, l'autre en Espagnole de fantaisie avec des sequins de cuivre qui dansaient dans ses cheveux carotte à chacun de ses pas inégaux, avaient l'air de filles de cuisine habillées pour un carnaval. Pareilles à toutes les femmes du peuple, ni plus laides, ni plus belles, vraies servantes d'auberge, on les désignait dans le port sous le sobriquet des deux Pompes.

Une paix jalouse, mais rarement troublée, régnait entre ces cinq femmes, grâce à la sagesse conciliante de Madame et à son intarissable bonne humeur.

L'établissement, unique dans la petite ville, était

assidûment fréquenté. Madame avait su lui donner une tenue si comme il faut ; elle se montrait si aimable, si prévenante envers tout le monde ; son bon cœur était si connu, qu'une sorte de considération l'entourait. Les habitués faisaient des frais pour elle, triomphaient quand elle leur témoignait une amitié plus marquée ; et lorsqu'ils se rencontraient dans le jour pour leurs affaires, ils se disaient : « A ce soir, où vous savez », comme on se dit : « Au café, n'est-ce pas ? après dîner. »

Enfin la maison Tellier était une ressource, et rarement quelqu'un manquait au rendez-vous quotidien.

Or, un soir, vers la fin du mois de mai, le premier arrivé, M. Poulin, marchand de bois et ancien maire, trouva la porte close. La petite lanterne, derrière son treillage, ne brillait point ; aucun bruit ne sortait du logis, qui semblait mort. Il frappa, doucement d'abord, avec plus de force ensuite ; personne ne répondit. Alors il remonta la rue à petits pas, et, comme il arrivait sur la place du Marché, il rencontra M. Duvert, l'armateur, qui se rendait au même endroit. Ils y retournèrent ensemble sans plus de succès. Mais un grand bruit éclata soudain tout près d'eux, et, ayant tourné la maison, ils aperçurent un rassemblement de matelots anglais et français qui heurtaient à coups de poing les volets fermés du café.

Les deux bourgeois aussitôt s'enfuirent pour n'être pas compromis ; mais un léger « pss't » les arrêta : c'était M. Tournevau, le saleur de poisson, qui, les ayant reconnus, les hélait. Ils lui dirent la chose, dont il fut d'autant plus affecté que lui, marié, père de famille et fort surveillé, ne venait là que le samedi, « *securitatis causa* », disait-il, faisant allusion à une mesure de police sanitaire dont le docteur Borde, son ami, lui avait révélé les périodiques retours. C'était justement son soir et il allait se trouver ainsi privé pour toute la semaine.

Les trois hommes firent un grand crochet jusqu'au quai, trouvèrent en route le jeune M. Philippe, fils du banquier, un habitué, et M. Pimpesse, le percepteur. Tous ensemble revinrent alors par la rue « aux Juifs » pour essayer une dernière tentative. Mais les matelots exaspérés faisaient le siège de la maison, jetaient des pierres, hurlaient ; et les cinq clients du premier étage, rebroussant chemin le plus vite possible, se mirent à errer par les rues.

Ils rencontrèrent encore M. Dupuis, l'agent d'assurances, puis M. Vasse, le juge au tribunal de commerce ; et une longue promenade commença qui les conduisit à la jetée d'abord. Ils s'assirent en ligne sur le parapet de granit et regardèrent moutonner les flots. L'écume, sur la crête des vagues, faisait dans l'ombre des blancheurs lumineuses, éteintes presque aussitôt qu'apparues, et le bruit monotone de la mer brisant contre les rochers se prolongeait dans la nuit tout le long de la falaise. Lorsque les tristes promeneurs furent restés là quelque temps, M. Tournevau déclara : « Ça n'est pas gai. — Non certes », reprit M. Pimpesse ; et ils repartirent à petits pas[1].

Après avoir longé la rue que domine la côte et qu'on appelle : « Sous-le-Bois », ils revinrent par le pont de planches sur la Retenue, passèrent près du chemin de fer et débouchèrent de nouveau place du Marché, où une querelle commença tout à coup entre le percepteur, M. Pimpesse, et le saleur, M. Tournevau, à propos d'un champignon comestible que l'un d'eux affirmait avoir trouvé dans les environs.

Les esprits étant aigris par l'ennui, on en serait peut-être venu aux voies de fait si les autres ne s'étaient interposés. M. Pimpesse, furieux, se retira ; et aussitôt une nouvelle altercation s'éleva entre l'ancien maire, M. Poulin, et l'agent d'assurances, M. Dupuis, au sujet des appointements du percepteur et des bénéfices qu'il pouvait se créer. Les propos injurieux pleuvaient des deux côtés, quand une tempête de cris formidables se déchaîna, et la troupe des matelots, fatigués d'attendre en vain devant une maison fermée, déboucha sur la place. Ils se tenaient par le bras, deux par deux, formant une longue procession, et ils vociféraient furieusement. Le groupe des bourgeois se dissimula sous une porte, et la horde hurlante disparut dans la direction de l'abbaye. Longtemps encore on entendit la clameur diminuant comme un orage qui s'éloigne, et le silence se rétablit.

M. Poulin et M. Dupuis, enragés l'un contre l'autre, partirent, chacun de son côté, sans se saluer.

Les quatre autres se remirent en marche, et redescendirent instinctivement vers l'établissement Tellier. Il était toujours clos, muet, impénétrable. Un ivrogne, tranquille et obstiné, tapait des petits coups dans la devanture du café, puis s'arrêtait pour appeler à mi-voix le garçon Frédéric. Voyant qu'on ne lui répondait point, il prit le parti de s'asseoir sur la marche de la porte, et d'attendre les événements.

Les bourgeois allaient se retirer quand la bande tumultueuse des hommes du port reparut au bout de la rue. Les matelots français braillaient la *Marseillaise*, les Anglais le *Rule Britannia*. Il y eut un ruement général contre les murs, puis le flot de brutes reprit son cours vers le quai, où une bataille éclata entre les marins des deux nations. Dans la rixe, un Anglais eut le bras cassé, et un Français le nez fendu.

L'ivrogne, qui était resté devant la porte, pleurait maintenant comme pleurent les pochards ou les enfants contrariés.

Les bourgeois, enfin, se dispersèrent.

Peu à peu le calme revint sur la cité troublée. De place en place, encore par instants, un bruit de voix s'élevait, puis s'éteignait dans le lointain.

Seul, un homme errait toujours, M. Tournevau, le saleur, désolé d'attendre au prochain samedi ; et il espérait on ne sait quel hasard, ne comprenant pas, s'exaspérant que la police laissât fermer ainsi un établissement d'utilité publique qu'elle surveille et tient sous sa garde.

Il y retourna, flairant les murs, cherchant la raison ; et il s'aperçut que sur l'auvent une pancarte était collée. Il alluma bien vite une allumette-bougie, et lut ces mots tracés d'une grande écriture inégale : « *Fermé pour cause de première communion.* »

Alors il s'éloigna, comprenant bien que c'était fini.

L'ivrogne maintenant dormait, étendu tout de son long en travers de la porte inhospitalière.

Et le lendemain, tous les habitués, l'un après l'autre, trouvèrent moyen de passer dans la rue avec des papiers sous le bras pour se donner une contenance ; et, d'un coup d'œil furtif, chacun lisait l'avertissement mystérieux : « *Fermé pour cause de première communion.* »

II

C'est que Madame avait un frère établi menuisier en leur pays natal, Virville, dans l'Eure. Du temps que Madame était encore aubergiste à Yvetot, elle avait tenu sur les fonts baptismaux la fille de ce frère qu'elle nomma Constance, Constance Rivet ; étant elle-même une Rivet par son père. Le menuisier, qui savait sa sœur en bonne position, ne la perdait pas de vue, bien qu'ils ne se rencontrassent pas souvent, retenus tous les deux par leurs occupations et habitant du reste loin l'un de l'autre. Mais comme la fillette allait avoir douze ans, et faisait, cette année-là, sa première communion, il saisit cette occasion d'un rapprochement, il écrivit à sa sœur qu'il comptait sur elle pour la cérémonie. Les vieux parents étaient morts, elle ne pouvait refuser à sa filleule ; elle accepta. Son frère, qui s'appelait Joseph, espérait qu'à force de prévenances il arriverait peut-être à obtenir qu'on fît un testament en faveur de la petite, Madame étant sans enfants.

La profession de sa sœur ne gênait nullement ses scrupules, et, du reste, personne dans le pays ne savait rien. On disait seulement en parlant d'elle :

« Mme Tellier est une bourgeoise de Fécamp », ce qui laissait supposer qu'elle pouvait vivre de ses rentes. De Fécamp à Virville on comptait au moins vingt lieues ; et vingt lieues de terre pour des paysans sont plus difficiles à franchir que l'Océan pour un civilisé. Les gens de Virville n'avaient jamais dépassé Rouen ; rien n'attirait ceux de Fécamp dans un petit village de cinq cents feux, perdu au milieu des plaines et faisant partie d'un autre département. Enfin on ne savait rien.

Mais, l'époque de la communion approchant, Madame éprouva un grand embarras. Elle n'avait point de sous-maîtresse, et ne se souciait nullement de laisser sa maison, même pendant un jour. Toutes les rivalités entre les dames d'en haut et celles d'en bas éclateraient infailliblement ; puis Frédéric se griserait sans doute, et quand il était gris, il assommait les gens pour un oui ou pour un non. Enfin elle se décida à emmener tout son monde, sauf le garçon à qui elle donna sa liberté jusqu'au surlendemain.

Le frère consulté ne fit aucune opposition, et se chargea de loger la compagnie entière pour une nuit. Donc, le samedi matin, le train express de huit heures emportait Madame et ses compagnes dans un wagon de seconde classe.

Jusqu'à Beuzeville elles furent seules et jacassèrent comme des pies. Mais à cette gare un couple monta. L'homme, vieux paysan vêtu d'une blouse bleue, avec un col plissé, des manches larges serrées aux poignets et ornées d'une petite broderie blanche, couvert d'un antique chapeau de forme haute dont le poil roussi semblait hérissé, tenait d'une main un immense parapluie vert, et de l'autre un vaste panier qui laissait passer les têtes effarées de trois canards. La femme, raide en sa toilette rustique, avait une physionomie de poule avec un nez pointu comme un bec. Elle s'assit en face de son homme et demeura sans bouger, saisie de se trouver au milieu d'une aussi belle société.

Et c'était, en effet, dans le wagon un éblouissement de couleurs éclatantes. Madame, tout en bleu, en soie bleue des pieds à la tête, portait là-dessus un châle de faux cachemire français, rouge, aveuglant, fulgurant. Fernande soufflait dans une robe écossaise dont le corsage, lacé à toute force par ses compagnes, soulevait sa croulante poitrine en un double dôme toujours agité qui semblait liquide sous l'étoffe.

Raphaële, avec une coiffure emplumée simulant un nid plein d'oiseaux, portait une toilette lilas, pailletée d'or, quelque chose d'oriental qui seyait à sa physionomie de Juive. Rosa la Rosse, en jupe rose à larges volants, avait l'air d'une enfant trop grasse, d'une naine obèse ; et les deux Pompes semblaient s'être taillé des accoutrements étranges au milieu de vieux rideaux de fenêtre, ces vieux rideaux à ramages datant de la Restauration.

Sitôt qu'elles ne furent plus seules dans le compartiment, ces dames prirent une contenance grave, et se mirent à parler de choses relevées pour donner bonne opinion d'elles. Mais à Bolbec apparut un monsieur à favoris blonds, avec des bagues et une chaîne en or, qui mit dans le filet sur sa tête plusieurs paquets enveloppés de toile cirée. Il avait un air farceur et bon enfant. Il salua, sourit et demanda avec aisance : « Ces dames changent de garnison ? » Cette question jeta dans le groupe une confusion embarrassée. Madame enfin reprit contenance, et elle répondit sèchement, pour venger l'honneur du corps : « Vous pourriez bien être poli ! » Il s'excusa : « Pardon, je voulais dire de monastère. » Madame, ne trouvant rien à répliquer, ou jugeant peut-être la rectification suffisante, fit un salut digne en pinçant les lèvres.

Alors le monsieur, qui se trouvait assis entre Rosa la Rosse et le vieux paysan, se mit à cligner de l'œil aux trois canards dont les têtes sortaient du grand panier ; puis, quand il sentit qu'il captivait déjà son public, il commença à chatouiller ces animaux sous le bec, en leur tenant des discours drôles pour dérider la société : « Nous avons quitté notre petite ma-mare ! couen ! couen ! couen ! — pour faire connaissance avec la petite bro-broche, — couen ! couen ! couen ! » Les malheureuses bêtes tournaient le cou afin d'éviter ses caresses, faisaient des efforts affreux pour sortir de leur prison d'osier ; puis soudain toutes trois ensemble poussèrent un lamentable cri de détresse : « Couen ! couen ! couen ! couen ! » Alors ce fut une explosion de rires parmi les femmes. Elles se penchaient, elles se poussaient pour voir ; on s'intéressait follement aux canards ; et le monsieur redoublait de grâce, d'esprit et d'agaceries.

Rosa s'en mêla, et, se penchant par-dessus les jambes de son voisin, elle embrassa les trois bêtes sur le nez. Aussitôt chaque femme voulut les baiser à son tour ; et le monsieur asseyait ces dames sur ses genoux, les faisait sauter, les pinçait ; tout à coup il les tutoya.

Les deux paysans, plus affolés encore que leurs volailles, roulaient des yeux de possédés sans oser faire un mouvement, et leurs vieilles figures plissées n'avaient pas un sourire, pas un tressaillement.

Alors le monsieur, qui était commis voyageur, offrit par farce des bretelles à ces dames, et, s'emparant d'un de ses paquets, il l'ouvrit. C'était une ruse, le paquet contenait des jarretières.

Il y en avait en soie bleue, en soie rose, en soie

rouge, en soie violette, en soie mauve, en soie
ponceau, avec des boucles de métal formées par
deux amours enlacés et dorés. Les filles poussèrent
des cris de joie, puis examinèrent les échantillons,
reprises par la gravité naturelle à toute femme qui
tripote un objet de toilette. Elles se consultaient de
l'œil ou d'un mot chuchoté, se répondaient de
même, et Madame maniait avec envie une paire de
jarretières orangées, plus larges, plus imposantes
que les autres : de vraies jarretières de patronne.

Le monsieur attendait, nourrissant une idée :
« Allons, mes petites chattes, dit-il, il faut les
essayer. » Ce fut une tempête d'exclamations ; et
elles serraient leurs jupes entre leurs jambes
comme si elles eussent craint des violences. Lui,
tranquille, attendait son heure. Il déclara : « Vous
ne voulez pas, je remballe. » Puis finement : « J'of-
frirai une paire, au choix, à celles qui feront l'es-
sai. » Mais elles ne voulaient pas, très dignes, la
taille redressée. Les deux Pompes cependant semblaient si malheureuses qu'il leur renouvela la
proposition. Flora Balançoire surtout, torturée de
désir, hésitait visiblement. Il la pressa : « Vas-y, ma
fille, un peu de courage ; tiens, la paire lilas, elle ira
bien avec ta toilette. » Alors elle se décida, et,
relevant sa robe, montra une forte jambe de
vachère, mal serrée en un bas grossier. Le monsieur, se baissant, accrocha la jarretière sous le
genou d'abord, puis au-dessus ; et il chatouillait
doucement la fille pour lui faire pousser des petits
cris avec de brusques tressaillements. Quand il eut
fini, il donna la paire lilas et demanda : « A qui le
tour ? » Toutes ensemble s'écrièrent : « A moi ! à
moi ! » Il commença par Rosa la Rosse, qui découvrit une chose informe, toute ronde, sans che-
ville, un vrai « boudin de jambe », comme disait
Raphaële. Fernande fut complimentée par le

commis voyageur qu'enthousiasmèrent ses puissantes colonnes. Les maigres tibias de la belle Juive eurent moins de succès. Louise Cocote, par plaisanterie, coiffa le monsieur de sa jupe ; et Madame fut obligée d'intervenir pour arrêter cette farce inconvenante. Enfin Madame elle-même tendit sa jambe, une belle jambe normande, grasse et musclée ; et le voyageur, surpris et ravi, ôta galamment son chapeau pour saluer ce maître mollet en vrai chevalier français.

Les deux paysans, figés dans l'ahurissement, regardaient de côté, d'un seul œil ; et ils ressemblaient si absolument à des poulets que l'homme aux favoris blonds, en se relevant, leur fit dans le nez « Co-co-ri-co ». Ce qui déchaîna de nouveau un ouragan de gaieté.

Les vieux descendirent à Motteville, avec leur panier, leurs canards et leur parapluie ; et l'on entendit la femme dire à son homme en s'éloignant : « C'est des traînées qui s'en vont encore à ce satané Paris. »

Le plaisant commis porte-balle descendit lui-même à Rouen, après s'être montré si grossier que Madame se vit obligée de le remettre vertement à sa place. Elle ajouta, comme morale : « Ça nous apprendra à causer au premier venu. »

A Oissel, elles changèrent de train, et trouvèrent à une gare suivante M. Joseph Rivet qui les attendait avec une grande charrette pleine de chaises et attelée d'un cheval blanc.

Le menuisier embrassa poliment toutes ces dames et les aida à monter dans sa carriole. Trois s'assirent sur trois chaises au fond ; Raphaële, Madame et son frère, sur les trois chaises de devant, et Rosa, n'ayant point de siège, se plaça tant bien que mal sur les genoux de la grande Fernande ; puis l'équipage se mit en route. Mais, aussitôt, le trot saccadé du bidet secoua si terriblement la voiture que les chaises commencèrent à danser, jetant les voyageuses en l'air, à droite, à gauche, avec des mouvements de pantins, des grimaces effarées, des cris d'effroi, coupés soudain par une secousse plus forte. Elles se cramponnaient aux côtés du véhicule ; les chapeaux tombaient dans le dos, sur le nez ou vers l'épaule ; et le cheval blanc allait toujours, allongeant la tête, et la queue droite, une petite queue de rat sans poil dont il se battait les fesses de temps en temps. Joseph Rivet, un pied tendu sur le brancard, l'autre jambe repliée sous lui, les coudes très élevés, tenait les rênes, et de sa gorge s'échappait à tout instant une sorte de gloussement qui, faisant dresser les oreilles au bidet, accélérait son allure.

Des deux côtés de la route la campagne verte se déroulait. Les colzas en fleur mettaient de place en place une grande nappe jaune ondulante d'où s'élevait une saine et puissante odeur, une odeur pénétrante et douce, portée très loin par le vent. Dans les seigles déjà grands des bluets montraient leurs petites têtes azurées que les femmes voulaient cueillir, mais M. Rivet refusa d'arrêter. Puis parfois, un champ tout entier semblait arrosé de sang tant les coquelicots l'avaient envahi. Et au milieu de ces plaines colorées ainsi par les fleurs de la terre, la carriole, qui paraissait porter elle-même un bouquet de fleurs aux teintes plus ardentes, passait au trot du cheval blanc, disparaissait derrière les grands arbres d'une ferme, pour reparaître au bout du feuillage et promener de nouveau à travers les récoltes jaunes et vertes, piquées de rouge ou de bleu, cette éclatante charretée de femmes qui fuyait sous le soleil.

Une heure sonnait quand on arriva devant la porte du menuisier.

Elles étaient brisées de fatigue et pâles de faim, n'ayant rien pris depuis le départ. Mme Rivet se précipita, les fit descendre l'une après l'autre, les embrassant aussitôt qu'elles touchaient terre ; et elle ne se lassait point de bécoter sa belle-sœur, qu'elle désirait accaparer. On mangea dans l'atelier débarrassé des établis pour le dîner du lendemain.

Une bonne omelette que suivit une andouille grillée, arrosée de bon cidre piquant, rendit la gaieté à tout le monde. Rivet, pour trinquer, avait pris un verre, et sa femme servait, faisait la cuisine, apportait les plats, les enlevait, murmurant à l'oreille de chacune : « En avez-vous à votre désir ? » Des tas de planches dressées contre les murs et des empilements de copeaux balayés dans les coins répandaient un parfum de bois varlopé, une odeur de menuiserie, ce souffle résineux qui pénètre au fond des poumons.

On réclama la petite, mais elle était à l'église, ne devant rentrer que le soir.

La compagnie alors sortit pour faire un tour dans le pays.

C'était un tout petit village que traversait une grand-route. Une dizaine de maisons rangées le long de cette voie unique abritaient les commerçants de l'endroit, le boucher, l'épicier, le menuisier, le cafetier, le savetier et le boulanger. L'église, au bout de cette sorte de rue, était entourée d'un étroit cimetière ; et quatre tilleuls démesurés, plantés devant son portail, l'ombrageaient tout entière. Elle était bâtie en silex taillé, sans style aucun, et coiffée d'un clocher d'ardoises. Après elle la campagne recommençait, coupée çà et là de bouquets d'arbres cachant les fermes.

Rivet, par cérémonie, et bien qu'en vêtements d'ouvrier, avait pris le bras de sa sœur qu'il promenait avec majesté. Sa femme, tout émue par la robe à filets d'or de Raphaële, s'était placée entre elle et Fernande. La boulotte Rosa trottait derrière avec Louise Cocote et Flora Balançoire, qui boitaillait, exténuée.

Les habitants venaient aux portes, les enfants arrêtaient leurs jeux, un rideau soulevé laissait entrevoir une tête coiffée d'un bonnet d'indienne ; une vieille à béquille et presque aveugle se signa comme devant une procession ; et chacun suivait longtemps du regard toutes les belles dames de la ville qui étaient venues de si loin pour la première communion de la petite à Joseph Rivet. Une immense considération rejaillissait sur le menuisier.

En passant devant l'église, elles entendirent des chants d'enfants : un cantique crié vers le ciel par des petites voix aiguës ; mais Madame empêcha qu'on entrât, pour ne point troubler ces chérubins.

Après un détour dans la campagne, et l'énumération des principales propriétés, du rendement de la terre et de la production du bétail, Joseph Rivet ramena son troupeau de femmes et l'installa dans son logis.

La place étant fort restreinte, on les avait réparties deux par deux dans les pièces.

Rivet, pour cette fois, dormirait dans l'atelier, sur les copeaux ; sa femme partagerait son lit avec sa belle-sœur, et, dans la chambre à côté, Fernande et Raphaële reposeraient ensemble. Louise et Flora se trouvaient installées dans la cuisine sur un matelas jeté par terre ; et Rosa occupait seule un petit cabinet noir au-dessus de l'escalier, contre l'entrée d'une soupente étroite où coucherait, cette nuit-là, la communiante.

Lorsque rentra la petite fille, ce fut sur elle une

pluie de baisers ; toutes les femmes la voulaient caresser, avec ce besoin d'expansion tendre, cette habitude professionnelle de chatteries, qui, dans le wagon, les avait fait toutes embrasser les canards. Chacune l'assit sur ses genoux, mania ses fins cheveux blonds, la serra dans ses bras en des élans d'affection véhémente et spontanée. L'enfant bien sage, toute pénétrée de piété, comme fermée par l'absolution, se laissait faire, patiente et recueillie.

La journée ayant été pénible pour tout le monde, on se coucha bien vite après dîner. Ce silence illimité des champs qui semble presque religieux enveloppait le petit village, un silence tranquille, pénétrant, et large jusqu'aux astres. Les filles, accoutumées aux soirées tumultueuses du logis public, se sentaient émues par ce muet repos de la campagne endormie. Elles avaient des frissons sur la peau, non de froid, mais des frissons de solitude venus du cœur inquiet et troublé.

Sitôt qu'elles furent en leur lit, deux par deux, elles s'étreignirent comme pour se défendre contre cet envahissement du calme et profond sommeil de la terre. Mais Rosa la Rosse, seule en son cabinet noir, et peu habituée à dormir les bras vides, se sentit saisie par une émotion vague et pénible. Elle se retournait sur sa couche, ne pouvant obtenir le sommeil, quand elle entendit, derrière la cloison de bois contre sa tête, de faibles sanglots comme ceux d'un enfant qui pleure. Effrayée, elle appela faiblement, et une petite voix entrecoupée lui répondit. C'était la fillette qui, couchant toujours dans la chambre de sa mère, avait peur en sa soupente étroite[1].

Rosa, ravie, se leva, et doucement, pour ne réveiller personne, alla chercher l'enfant. Elle l'amena dans son lit bien chaud, la pressa contre sa poitrine en l'embrassant, la dorlota, l'enveloppa de sa tendresse aux manifestations exagérées, puis, calmée elle-même, s'endormit. Et jusqu'au jour la communiante reposa son front sur le sein nu de la prostituée.

Dès cinq heures, à l'*Angelus*, la petite cloche de l'église sonnant à toute volée réveilla ces dames qui dormaient ordinairement leur matinée entière, seul repos des fatigues nocturnes. Les paysans dans le village étaient déjà debout. Les femmes du pays allaient affairées de porte en porte, causant vivement, apportant avec précaution de courtes robes de mousseline empesées comme du carton, ou des cierges démesurés, avec un nœud de soie frangée d'or au milieu, et des découpures de cire indiquant la place de la main. Le soleil déjà haut rayonnait dans un ciel tout bleu qui gardait vers l'horizon une teinte un peu rosée, comme une trace affaiblie de l'aurore. Des familles de poules se promenaient devant leurs maisons ; et, de place en place, un coq noir au cou luisant levait sa tête coiffée de pourpre, battait des ailes, et jetait au vent son chant de cuivre que répétaient les autres coqs.

Des carrioles arrivaient des communes voisines, déchargeant au seuil des portes les hautes Normandes en robes sombres, au fichu croisé sur la poitrine et retenu par un bijou d'argent séculaire. Les hommes avaient passé la blouse bleue sur la redingote neuve ou sur le vieil habit de drap vert dont les deux basques passaient.

Quand les chevaux furent à l'écurie, il y eut ainsi tout le long de la grande route une double ligne de guimbardes rustiques, charrettes, cabriolets, tilburys, chars à bancs, voitures de toute forme et de tout âge, penchées sur le nez ou bien cul par terre et les brancards au ciel.

La maison du menuisier était pleine d'une activité de ruche. Ces dames, en caraco et en jupon, les cheveux répandus sur le dos, des cheveux maigres et courts qu'on aurait dits ternis et rongés par l'usage, s'occupaient à habiller l'enfant.

La petite, debout sur une table, ne remuait pas, tandis que Mme Tellier dirigeait les mouvements de son bataillon volant. On la débarbouilla, on la peigna, on la coiffa, on la vêtit, et, à l'aide d'une multitude d'épingles, on disposa les plis de la robe, on pinça la taille trop large, on organisa l'élégance de la toilette. Puis, quand ce fut terminé, on fit asseoir la patiente en lui recommandant de ne plus bouger ; et la troupe agitée des femmes courut se parer à son tour.

La petite église recommençait à sonner. Son tintement frêle de cloche pauvre montait se perdre à travers le ciel, comme une voix trop faible, vite noyée dans l'immensité bleue.

Les communiants sortaient des portes, allaient vers le bâtiment communal qui contenait les deux écoles et la mairie, et situé tout au bout du pays, tandis que la « maison de Dieu » occupait l'autre bout.

Les parents, en tenue de fête, avec une physionomie gauche et ces mouvements inhabiles des corps toujours courbés sur le travail, suivaient leurs mioches. Les petites filles disparaissaient dans un nuage de tulle neigeux semblable à de la crème fouettée, tandis que les petits hommes, pareils à des embryons de garçons de café, la tête encollée de pommade, marchaient les jambes écartées, pour ne point tacher leur culotte noire.

C'était une gloire pour une famille quand un grand nombre des parents, venus de loin, entouraient l'enfant : aussi le triomphe du menuisier fut-il complet. Le régiment Tellier, patronne en tête, suivait Constance ; et le père donnant le bras à sa sœur, la mère marchant à côté de Raphaële,

Fernande avec Rosa, et les deux Pompes ensemble, la troupe se déployait majestueusement comme un état-major en grand uniforme.

L'effet dans le village fut foudroyant.

A l'école, les filles se rangèrent sous la cornette de la bonne sœur, les garçons sous le chapeau de l'instituteur, un bel homme qui représentait ; et l'on partit en attaquant un cantique.

Les enfants mâles en tête allongeaient leurs deux files entre les deux rangs de voitures dételées, les filles suivaient dans le même ordre ; et tous les habitants ayant cédé le pas aux dames de la ville par considération, elles arrivaient immédiatement après les petites, prolongeant encore la double ligne de la procession, trois à gauche et trois à droite, avec leurs toilettes éclatantes comme un bouquet de feu d'artifice.

Leur entrée dans l'église affola la population. On se pressait, on se retournait, on se poussait pour les voir. Et des dévotes parlaient presque haut, stupéfaites par le spectacle de ces dames plus chamarrées que les chasubles des chantres. Le maire offrit son banc, le premier banc à droite auprès du chœur, et Mme Tellier y prit place avec sa belle-sœur, Fernande et Raphaële. Rosa la Rosse et les deux Pompes occupèrent le second banc en compagnie du menuisier.

Le chœur de l'église était plein d'enfants à genoux, filles d'un côté, garçons de l'autre, et les longs cierges qu'ils tenaient en main semblaient des lances inclinées en tous sens.

Devant le lutrin, trois hommes debout chantaient d'une voix pleine. Ils prolongeaient indéfiniment les syllabes du latin sonore, éternisant les *Amen* avec des *a-a* indéfinis que le serpent soutenait de sa note monotone poussée sans fin, mugie par l'instrument de cuivre à large gueule. La voix pointue d'un enfant donnait la réplique, et, de temps en temps, un prêtre assis dans une stalle et coiffé d'une barrette carrée se levait, bredouillait quelque chose et s'asseyait de nouveau, tandis que les trois chantres repartaient, l'œil fixé sur le gros livre de plain-chant ouvert devant eux et porté par les ailes déployées d'un aigle de bois monté sur pivot.

Puis un silence se fit. Toute l'assistance, d'un seul mouvement, se mit à genoux, et l'officiant parut, vieux, vénérable, avec des cheveux blancs, incliné sur le calice qu'il portait de sa main gauche. Devant lui marchaient les deux servants en robe rouge, et derrière, apparut une foule de chantres à gros souliers qui s'alignèrent des deux côtés du chœur.

Une petite clochette tinta au milieu du grand silence. L'office divin commençait. Le prêtre circulait lentement devant le tabernacle d'or, faisait des génuflexions, psalmodiait de sa voix cassée, chevrotante de vieillesse, les prières préparatoires. Aussitôt qu'il s'était tu, tous les chantres et le serpent éclataient d'un seul coup, et des hommes aussi chantaient dans l'église, d'une voix moins forte, plus humble, comme doivent chanter les assistants.

Soudain le *Kyrie Eleison* jaillit vers le ciel, poussé par toutes les poitrines et tous les cœurs. Des grains de poussière et des fragments de bois vermoulu tombèrent même de la voûte ancienne secouée par cette explosion de cris. Le soleil qui frappait sur les ardoises du toit faisait une fournaise de la petite église ; et une grande émotion, une attente anxieuse, les approches de l'ineffable mystère, étreignaient le cœur des enfants, serraient la gorge de leurs mères.

Le prêtre, qui s'était assis quelque temps, remonta vers l'autel, et, tête nue, couvert de ses cheveux d'argent, avec des gestes tremblants, il approchait de l'acte surnaturel.

Il se tourna vers les fidèles, et, les mains tendues vers eux, prononça : « *Orate, fratres* », « priez, mes frères ». Ils priaient tous. Le vieux curé balbutiait maintenant tout bas les paroles mystérieuses et suprêmes ; la clochette tintait coup sur coup ; la foule prosternée appelait Dieu ; les enfants défaillaient d'une anxiété démesurée.

C'est alors que Rosa, le front dans ses mains, se rappela tout à coup sa mère, l'église de son village, sa première communion. Elle se crut revenue à ce jour-là, quand elle était si petite, toute noyée en sa robe blanche, et elle se mit à pleurer. Elle pleura doucement d'abord : les larmes lentes sortaient de ses paupières, puis, avec ses souvenirs, son émotion grandit, et, le cou gonflé, la poitrine battante, elle sanglota. Elle avait tiré son mouchoir, s'essuyait les yeux, se tamponnait le nez et la bouche pour ne point crier : ce fut en vain ; une espèce de râle sortit de sa gorge, et deux autres soupirs profonds, déchirants, lui répondirent ; car ses deux voisines, abattues près d'elle, Louise et Flora, étreintes des mêmes souvenances lointaines, gémissaient aussi avec des torrents de larmes.

Mais comme les larmes sont contagieuses, Madame, à son tour, sentit bientôt ses paupières humides, et, se tournant vers sa belle-sœur, elle vit que tout son banc pleurait aussi.

Le prêtre engendrait le corps de Dieu. Les enfants n'avaient plus de pensée, jetés sur les dalles par une espèce de peur dévote ; et, dans l'église, de place en place, une femme, une mère, une sœur, saisie par l'étrange sympathie des émotions poignantes, bouleversée aussi par ces belles dames à genoux que secouaient des frissons et des hoquets, trempait son mouchoir d'indienne à carreaux et, de la main gauche, pressait violemment son cœur bondissant.

Comme la flammèche qui jette le feu à travers un champ mûr, les larmes de Rosa et de ses compagnes gagnèrent en un instant toute la foule. Hommes, femmes, vieillards, jeunes gars en blouse neuve, tous bientôt sanglotèrent, et sur leur tête semblait planer quelque chose de surhumain, une âme épandue, le souffle prodigieux d'un être invisible et tout-puissant[1].

Alors, dans le chœur de l'église, un petit coup sec retentit : la bonne sœur, en frappant sur son livre, donnait le signal de la communion ; et les enfants, grelottant d'une fièvre divine, s'approchèrent de la table sainte.

Toute une file s'agenouillait. Le vieux curé, tenant en main le ciboire d'argent doré, passait devant eux, leur offrant, entre deux doigts, l'hostie sacrée, le corps du Christ, la rédemption du monde. Ils ouvraient la bouche avec des spasmes, des grimaces nerveuses, les yeux fermés, la face toute pâle ; et la longue nappe étendue sous leurs mentons frémissait comme de l'eau qui coule.

Soudain dans l'église une sorte de folie courut, une rumeur de foule en délire, une tempête de sanglots avec des cris étouffés. Cela passa comme ces coups de vent qui courbent les forêts ; et le prêtre restait debout, immobile, une hostie à la main, paralysé par l'émotion, se disant : « C'est Dieu, c'est Dieu qui est parmi nous, qui manifeste sa présence, qui descend à ma voix sur son peuple agenouillé. » Et il balbutiait des prières affolées, sans trouver les mots, des prières de l'âme, dans un élan furieux vers le ciel.

Il acheva de donner la communion avec une telle surexcitation de foi que ses jambes défaillaient sous lui, et quand lui-même eut bu le sang de son

Seigneur, il s'abîma dans un acte de remerciement éperdu.

Derrière lui le peuple peu à peu se calmait. Les chantres, relevés dans la dignité du surplis blanc, repartaient d'une voix moins sûre, encore mouillée ; et le serpent aussi semblait enroué comme si l'instrument lui-même eût pleuré.

Alors, le prêtre, levant les mains, leur fit signe de se taire, et passant entre les deux haies de communiants perdus en des extases de bonheur, il s'approcha jusqu'à la grille du chœur.

L'assemblée s'était assise au milieu d'un bruit de chaises, et tout le monde à présent se mouchait avec force. Dès qu'on aperçut le curé, on fit silence, et il commença à parler d'un ton très bas, hésitant, voilé. « Mes chers frères, mes chères sœurs, mes enfants, je vous remercie du fond du cœur : vous venez de me donner la plus grande joie de ma vie. J'ai senti Dieu qui descendait sur nous à mon appel. Il est venu, il était là, présent, qui emplissait vos âmes, faisait déborder vos yeux. Je suis le plus vieux prêtre du diocèse, j'en suis aussi, aujourd'hui, le plus heureux. Un miracle s'est fait parmi nous, un vrai, un grand, un sublime miracle. Pendant que Jésus-Christ pénétrait pour la première fois dans le corps de ces petits, le Saint-Esprit, l'oiseau céleste, le souffle de Dieu, s'est abattu sur vous, s'est emparé de vous, vous a saisis, courbés comme des roseaux sous la brise. »

Puis, d'une voix plus claire, se tournant vers les deux bancs où se trouvaient les invitées du menuisier : « Merci surtout à vous, mes chères sœurs, qui êtes venues de si loin, et dont la présence parmi nous, dont la foi visible, dont la piété si vive ont été pour tous un salutaire exemple. Vous êtes l'édification de ma paroisse ; votre émotion a échauffé les cœurs ; sans vous, peut-être, ce grand jour n'aurait pas eu ce caractère vraiment divin. Il suffit parfois d'une seule brebis d'élite pour décider le Seigneur à descendre sur le troupeau. »

La voix lui manquait. Il ajouta : « C'est la grâce que je vous souhaite. Ainsi soit-il. » Et il remonta vers l'autel pour terminer l'office.

Maintenant on avait hâte de partir. Les enfants eux-mêmes s'agitaient, las d'une si longue tension d'esprit. Ils avaient faim, d'ailleurs, et les parents peu à peu s'en allaient, sans attendre le dernier évangile, pour terminer les apprêts du repas.

Ce fut une cohue à la sortie, une cohue bruyante, un charivari de voix criardes où chantait l'accent normand. La population formait deux haies, et lorsque parurent les enfants, chaque famille se précipita sur le sien.

Constance se trouva saisie, entourée, embrassée par toute la maisonnée de femmes. Rosa surtout ne se lassait pas de l'étreindre. Enfin elle lui prit une main, Mme Tellier s'empara de l'autre ; Raphaële et Fernande relevèrent sa longue jupe de mousseline pour qu'elle ne traînât point dans la poussière ; Louise et Flora fermaient la marche avec Mme Rivet ; et l'enfant, recueillie, toute pénétrée par le Dieu qu'elle portait en elle, se mit en route au milieu de cette escorte d'honneur.

Le festin était servi dans l'atelier sur de longues planches portées par des traverses.

La porte ouverte, donnant sur la rue, laissait entrer toute la joie du village. On se régalait partout. Par chaque fenêtre on apercevait des tablées de monde endimanché, et des cris sortaient des maisons en goguette. Les paysans, en bras de chemise, buvaient du cidre pur à plein verre, et au milieu de chaque compagnie on apercevait deux enfants, ici deux filles, là deux garçons, dînant dans l'une des deux familles.

Quelquefois, sous la lourde chaleur de midi, un char à bancs traversait le pays au trot sautillant d'un vieux bidet, et l'homme en blouse qui conduisait jetait un regard d'envie sur toute cette ripaille étalée.

Dans la demeure du menuisier, la gaieté gardait un certain air de réserve, un reste de l'émotion du matin. Rivet seul était en train et buvait outre mesure. Mme Tellier regardait l'heure à tout moment, car pour ne point chômer deux jours de suite on devait reprendre le train de 3 h 55 qui les mettrait à Fécamp vers le soir.

Le menuisier faisait tous ses efforts pour détourner l'attention et garder son monde jusqu'au lendemain ; mais Madame ne se laissait point distraire ; et elle ne plaisantait jamais quand il s'agissait des affaires.

Aussitôt que le café fut pris, elle ordonna à ses pensionnaires de se préparer bien vite ; puis, se tournant vers son frère : « Toi, tu vas atteler tout de suite » ; et elle-même alla terminer ses derniers préparatifs.

Quand elle redescendit, sa belle-sœur l'attendait pour lui parler de la petite ; et une longue conversation eut lieu où rien ne fut résolu. La paysanne finassait, faussement attendrie, et Mme Tellier, qui tenait l'enfant sur ses genoux, ne s'engageait à rien, promettait vaguement : on s'occuperait d'elle, on avait du temps, on se reverrait d'ailleurs.

Cependant la voiture n'arrivait point, et les femmes ne descendaient pas. On entendait même en haut de grands rires, des bousculades, des poussées de cris, des battements de mains. Alors, tandis que l'épouse du menuisier se rendait à l'écurie pour voir si l'équipage était prêt, Madame, à la fin, monta.

Rivet, très pochard et à moitié dévêtu, essayait,

mais en vain, de violenter Rosa qui défaillait de rire. Les deux Pompes le retenaient par les bras, et tentaient de le calmer, choquées de cette scène après la cérémonie du matin ; mais Raphaële et Fernande l'excitaient, tordues de gaieté, se tenant les côtes ; et elles jetaient des cris aigus à chacun des efforts inutiles de l'ivrogne. L'homme furieux, la face rouge, tout débraillé, secouant en des efforts violents les deux femmes cramponnées à lui, tirait de toutes ses forces sur la jupe de Rosa en bredouillant : « Salope, tu ne veux pas ? » Mais Madame, indignée, s'élança, saisit son frère par les épaules, et le jeta dehors si violemment qu'il alla frapper contre le mur.

Une minute plus tard, on l'entendait dans la cour qui se pompait de l'eau sur la tête ; et quand il reparut dans sa carriole, il était déjà tout apaisé.

On se remit en route comme la veille, et le petit cheval blanc repartit de son allure vive et dansante.

Sous le soleil ardent, la joie assoupie pendant le repas se dégageait. Les filles s'amusaient maintenant des cahots de la guimbarde, poussaient même les chaises des voisines, éclataient de rire à tout instant, mises en train d'ailleurs par les vaines tentatives de Rivet.

Une lumière folle emplissait les champs, une lumière miroirant aux yeux ; et les roues soulevaient deux sillons de poussière qui voltigeaient longtemps derrière la voiture sur la grand-route.

Tout à coup Fernande, qui aimait la musique, supplia Rosa de chanter ; et celle-ci entama gaillardement le *Gros Curé de Meudon*. Mais Madame tout de suite la fit taire, trouvant cette chanson peu convenable en ce jour. Elle ajouta : « Chante-nous plutôt quelque chose de Béranger. » Alors Rosa, après avoir hésité quelques secondes, fixa son choix, et de sa voix usée commença la *Grand-Mère* :

> *Ma grand-mère, un soir à sa fête,*
> *De vin pur ayant bu deux doigts,*
> *Nous disait, en branlant la tête :*
> *Que d'amoureux j'eus autrefois !*
> > *Combien je regrette*
> > *Mon bras si dodu,*
> > *Ma jambe bien faite,*
> > *Et le temps perdu !*

Et le chœur des filles, que Madame elle-même conduisait, reprit :

> > *Combien je regrette*
> > *Mon bras si dodu,*
> > *Ma jambe bien faite,*
> > *Et le temps perdu !*

« Ça, c'est tapé ! » déclara Rivet, allumé par la cadence ; et Rosa aussitôt continua :

> *« Quoi, maman, vous n'étiez pas sage ?*
> *— Non, vraiment ! et de mes appas,*
> *Seule, à quinze ans, j'appris l'usage,*
> *Car, la nuit, je ne dormais pas. »*

Tous ensemble hurlèrent le refrain ; et Rivet tapait du pied sur son brancard, battait la mesure avec les rênes sur le dos du bidet blanc qui, comme s'il eût été lui-même enlevé par l'entrain du rythme, prit le galop, un galop de tempête, précipitant ces dames en tas les unes sur les autres dans le fond de la voiture.

Elles se relevèrent en riant comme des folles. Et la chanson continua, braillée à tue-tête à travers la campagne, sous le ciel brûlant, au milieu des récoltes mûrissantes, au train enragé du petit cheval qui s'emballait maintenant à tous les retours du refrain, et piquait chaque fois ses cent mètres de galop, à la grande joie des voyageurs.

De place en place, quelque casseur de cailloux se redressait, et regardait à travers son loup de fil de fer cette carriole enragée et hurlante emportée dans la poussière.

Quand on descendit devant la gare, le menuisier s'attendrit : « C'est dommage que vous partiez, on aurait bien rigolé. »

Madame lui répondit sensément : « Toute chose a son temps, on ne peut pas s'amuser toujours. » Alors une idée illumina l'esprit de Rivet : « Tiens, dit-il, j'irai vous voir à Fécamp le mois prochain. » Et il regarda Rosa d'un air rusé, avec un œil brillant et polisson. « Allons, conclut Madame, il faut être sage ; tu viendras si tu veux, mais tu ne feras point de bêtises. »

Il ne répondit pas, et comme on entendait siffler le train, il se mit immédiatement à embrasser tout le monde. Quand ce fut au tour de Rosa, il s'acharna à trouver sa bouche que celle-ci, riant derrière ses lèvres fermées, lui dérobait chaque fois par un rapide mouvement de côté. Il la tenait en ses bras ; mais il n'en pouvait venir à bout, gêné par son grand fouet qu'il avait gardé à sa main et que, dans ses efforts, il agitait désespérément derrière le dos de la fille.

« Les voyageurs pour Rouen, en voiture ! » cria l'employé. Elles montèrent.

Un mince coup de sifflet partit, répété tout de suite par le sifflement puissant de la machine qui cracha bruyamment son premier jet de vapeur pendant que les roues commençaient à tourner un peu avec un effort visible.

Rivet, quittant l'intérieur de la gare, courut à la barrière pour voir encore une fois Rosa ; et comme le wagon plein de cette marchandise humaine passait devant lui, il se mit à faire claquer son fouet en sautant et chantant de toutes ses forces :

> *Combien je regrette*
> *Mon bras si dodu,*
> *Ma jambe bien faite,*
> *Et le temps perdu !*

Puis il regarda s'éloigner un mouchoir blanc qu'on agitait.

III

Elles dormirent jusqu'à l'arrivée, du sommeil paisible des consciences satisfaites ; et quand elles rentrèrent au logis, rafraîchies, reposées pour la besogne de chaque soir, Madame ne put s'empêcher de dire : « C'est égal, il m'ennuyait déjà de la maison. »

On soupa vite, puis, quand on eut repris le costume de combat, on attendit les clients habituels ; et la petite lanterne allumée, la petite lanterne de madone, indiquait aux passants que dans la bergerie le troupeau était revenu.

En un clin d'œil la nouvelle se répandit, on ne sait comment, on ne sait par qui. M. Philippe, le fils du banquier, poussa même la complaisance jusqu'à prévenir par un exprès M. Tournevau, emprisonné dans sa famille.

Le saleur avait justement chaque dimanche plusieurs cousins à dîner, et l'on prenait le café quand un homme se présenta avec une lettre à la main. M. Tournevau, très ému, rompit l'enveloppe et devint pâle : il n'y avait que ces mots tracés au crayon : « *Chargement de morues retrouvé ; navire entré au port ; bonne affaire pour vous. Venez vite.* »

Il fouilla dans ses poches, donna vingt centimes au porteur, et rougissant soudain jusqu'aux oreilles : « Il faut, dit-il, que je sorte. » Et il tendit à sa femme le billet laconique et mystérieux. Il sonna, puis, lorsque parut la bonne : « Mon pardessus vite, vite, et mon chapeau. » A peine dans la rue, il se mit à courir en sifflant un air, et le chemin lui parut deux fois plus long tant son impatience était vive.

L'établissement Tellier avait un air de fête. Au rez-de-chaussée les voix tapageuses des hommes du port faisaient un assourdissant vacarme. Louise et Flora ne savaient à qui répondre, buvaient avec l'un, buvaient avec l'autre, méritaient mieux que jamais leur sobriquet des « deux Pompes ». On les appelait partout à la fois ; elles ne pouvaient déjà suffire à la besogne, et la nuit pour elles s'annonçait laborieuse.

Le cénacle du premier fut au complet dès neuf heures. M. Vasse, le juge au tribunal de commerce, le soupirant attitré mais platonique de Madame, causait tout bas avec elle dans un coin ; et ils souriaient tous les deux comme si une entente était près de se faire. M. Poulin, l'ancien maire, tenait Rosa à cheval sur ses jambes ; et elle, nez à nez avec lui, promenait ses mains courtes dans les favoris blancs du bonhomme. Un bout de cuisse nue passait sous la jupe de soie jaune relevée, coupant le drap noir du pantalon, et les bas rouges étaient serrés par une jarretière bleue, cadeau du commis voyageur.

La grande Fernande, étendue sur le sopha, avait les deux pieds sur le ventre de M. Pimpesse, le percepteur, et le torse sur le gilet du jeune M. Philippe dont elle accrochait le cou de sa main droite, tandis que de la gauche elle tenait une cigarette.

Raphaële semblait en pourparlers avec M. Dupuis, l'agent d'assurances, et elle termina l'entretien par ces mots : « Oui, mon chéri, ce soir, je veux bien. » Puis, faisant seule un tour de valse rapide à travers le salon : « Ce soir, tout ce qu'on voudra », cria-t-elle.

La porte s'ouvrit brusquement et M. Tournevau apparut. Des cris enthousiastes éclatèrent : « Vive Tournevau ! » Et Raphaële, qui pivotait toujours, alla tomber sur son cœur. Il la saisit d'un enlacement formidable, et sans dire un mot, l'enlevant de terre comme une plume, il traversa le salon, gagna la porte du fond, et disparut dans l'escalier des chambres avec son fardeau vivant, au milieu des applaudissements.

Rosa, qui allumait l'ancien maire, l'embrassant coup sur coup et tirant sur ses deux favoris en même temps pour maintenir droite sa tête, profita de l'exemple : « Allons, fais comme lui », dit-elle. Alors le bonhomme se leva, et rajustant son gilet, suivit la fille en fouillant dans la poche où dormait son argent.

Fernande et Madame restèrent seules avec les quatre hommes, et M. Philippe s'écria : « Je paye du champagne : madame Tellier, envoyez chercher trois bouteilles. » Alors Fernande l'étreignant lui demanda dans l'oreille : « Fais-nous danser, dis, tu veux ? » Il se leva, et, s'asseyant devant l'épinette séculaire endormie en un coin, fit sortir une valse, une valse enrouée, larmoyante, du ventre geignant de la machine. La grande fille enlaça le percepteur, Madame s'abandonna aux bras de M. Vasse ; et les deux couples tournèrent en échangeant des baisers. M. Vasse, qui avait jadis dansé dans le monde, faisait des grâces, et Madame le regardait d'un œil captivé, de cet œil qui répond « oui », un « oui » plus discret et plus délicieux qu'une parole !

Frédéric apporta le champagne. Le premier bouchon partit, et M. Philippe exécuta l'invitation d'un quadrille.

Les quatre danseurs le marchèrent à la façon mondaine, convenablement, dignement, avec des manières, des inclinations et des saluts.

Après quoi l'on se mit à boire. Alors M. Tournevau reparut, satisfait, soulagé, radieux. Il s'écria : « Je ne sais pas ce qu'a Raphaële, mais elle est parfaite ce soir. » Puis, comme on lui tendait un verre, il le vida d'un trait en murmurant : « Bigre, rien que ça de luxe ! »

Sur-le-champ M. Philippe entama une polka vive, et M. Tournevau s'élança avec la belle Juive qu'il tenait en l'air, sans laisser ses pieds toucher terre. M. Pimpesse et M. Vasse étaient repartis d'un nouvel élan. De temps en temps un des couples s'arrêtait près de la cheminée pour lamper une flûte de vin mousseux ; et cette danse menaçait de s'éterniser, quand Rosa entrouvrit la porte avec un bougeoir à la main. Elle était en cheveux, en savates, en chemise, tout animée, toute rouge : « Je veux danser », cria-t-elle. Raphaële demanda : « Et ton vieux ? » Rosa s'esclaffa : « Lui ? il dort déjà, il dort tout de suite. » Elle saisit M. Dupuis, resté sans emploi sur le divan, et la polka recommença.

Mais les bouteilles étaient vides : « J'en paye une », déclara M. Tournevau. « Moi aussi », annonça M. Vasse. « Moi de même », conclut M. Dupuis. Alors tout le monde applaudit.

Cela s'organisait, devenait un vrai bal. De temps en temps même, Louise et Flora montaient bien vite, faisaient rapidement un tour de valse, pendant que leurs clients, en bas, s'impatientaient ; puis elles retournaient en courant à leur café, avec le cœur gonflé de regrets.

A minuit, on dansait encore. Parfois une des filles disparaissait, et quand on la cherchait pour faire un vis-à-vis, on s'apercevait tout à coup qu'un des hommes aussi manquait.

« D'où venez-vous donc ? » demanda plaisamment M. Philippe, juste au moment où M. Pimpesse rentrait avec Fernande. « De voir dormir M. Poulin », répondit le percepteur. Le mot eut un succès énorme ; et tous, à tour de rôle, montaient voir dormir M. Poulin avec l'une ou l'autre des demoiselles, qui se montrèrent, cette nuit-là, d'une complaisance inconcevable. Madame fermait les yeux ; et elle avait dans les coins de longs apartés avec M. Vasse comme pour régler les derniers détails d'une affaire entendue déjà.

Enfin, à une heure, les deux hommes mariés, M. Tournevau et M. Pimpesse, déclarèrent qu'ils se retiraient, et voulurent régler leur compte. On ne compta que le champagne, et, encore, à six francs la bouteille au lieu de dix francs, prix ordinaire. Et comme ils s'étonnaient de cette générosité, Madame, radieuse, leur répondit :

« Ça n'est pas tous les jours fête. »

LES TOMBALES

Les cinq amis achevaient de dîner, cinq hommes du monde, mûrs, riches, trois mariés, deux restés garçons. Ils se réunissaient ainsi tous les mois, en souvenir de leur jeunesse, et, après avoir dîné, ils causaient jusqu'à deux heures du matin. Restés amis intimes, et se plaisant ensemble, ils trouvaient peut-être là leurs meilleurs soirs dans la vie. On bavardait sur tout, sur tout ce qui occupe et amuse les Parisiens ; c'était entre eux, comme dans la plupart des salons d'ailleurs, une espèce de recommencement parlé de la lecture des journaux du matin.

Un des plus gais était Joseph de Bardon, célibataire et vivant la vie parisienne de la façon la plus complète et la plus fantaisiste. Ce n'était point un débauché ni un dépravé, mais un curieux, un joyeux encore jeune ; car il avait à peine quarante ans. Homme du monde dans le sens le plus large et le plus bienveillant que puisse mériter ce mot, doué de beaucoup d'esprit sans grande profondeur, d'un savoir varié sans érudition vraie, d'une compréhension agile sans pénétration sérieuse, il tirait de ses observations, de ses aventures, de tout ce qu'il voyait, rencontrait et trouvait, des anecdotes de roman comique et philosophique en même temps, et des remarques humoristiques qui lui faisaient par la ville une grande réputation d'intelligence.

C'était l'orateur du dîner. Il avait la sienne, chaque fois, son histoire, sur laquelle on comptait. Il se mit à la dire sans qu'on l'en eût prié.

Fumant, les coudes sur la table, un verre de fine champagne à moitié plein devant son assiette, engourdi dans une atmosphère de tabac aromatisée par le café chaud, il semblait chez lui tout à fait, comme certains êtres sont chez eux absolument, en certains lieux et en certains moments, comme une dévote dans une chapelle, comme un poisson rouge dans son bocal.

Il dit, entre deux bouffées de fumée :

« Il m'est arrivé une singulière aventure il y a quelque temps. »

Toutes les bouches demandèrent presque ensemble : « Racontez. »

Il reprit :

« Volontiers. Vous savez que je me promène beaucoup dans Paris, comme les bibelotiers qui fouillent les vitrines. Moi je guette les spectacles, les gens, tout ce qui passe, et tout ce qui se passe.

« Or, vers la mi-septembre, il faisait très beau temps à ce moment-là, je sortis de chez moi, un après-midi, sans savoir où j'irais. On a toujours un vague désir de faire une visite à une jolie femme quelconque. On choisit dans sa galerie, on les compare dans sa pensée, on pèse l'intérêt qu'elles vous inspirent, le charme qu'elles vous imposent et on se décide enfin suivant l'attraction du jour. Mais quand le soleil est très beau et l'air tiède, ils vous enlèvent souvent toute envie de visites.

« Le soleil était beau, et l'air tiède ; j'allumai un cigare et je m'en allai tout bêtement sur le boulevard extérieur. Puis comme je flânais, l'idée me vint de pousser jusqu'au cimetière Montmartre et d'y entrer.

« J'aime beaucoup les cimetières, moi, ça me repose et me mélancolise : j'en ai besoin. Et puis, il y a aussi de bons amis là-dedans, de ceux qu'on ne va plus voir ; et j'y vais encore, moi, de temps en temps.

« Justement, dans ce cimetière Montmartre, j'ai une histoire de cœur, une maîtresse qui m'avait beaucoup pincé, très ému, une charmante petite femme dont le souvenir, en même temps qu'il me peine énormément, me donne des regrets... des regrets de toute nature... Et je vais rêver sur sa tombe... C'est fini pour elle.

« Et puis, j'aime aussi les cimetières, parce que ce sont des villes monstrueuses, prodigieusement habitées. Songez donc à ce qu'il y a de morts dans ce petit espace, à toutes les générations de Parisiens qui sont logés là, pour toujours, troglodytes définitifs, enfermés dans leurs petits caveaux, dans leurs petits trous couverts d'une pierre ou marqués d'une croix, tandis que les vivants occupent tant de place et font tant de bruit, ces imbéciles.

« Puis encore, dans les cimetières, il y a des monuments presque aussi intéressants que dans les musées. Le tombeau de Cavaignac m'a fait songer, je l'avoue, sans le comparer, à ce chef-d'œuvre de Jean Goujon : le corps de Louis de Brézé, couché dans la chapelle souterraine de la cathédrale de Rouen ; tout l'art dit moderne et réaliste est venu de là, messieurs. Ce mort, Louis de Brézé, est plus vrai, plus terrible, plus fait de chair inanimée, convulsée encore par l'agonie, que tous les cadavres tourmentés qu'on tortionne aujourd'hui sur les tombes.

« Mais au cimetière Montmartre on peut encore admirer le monument de Baudin, qui a de la grandeur ; celui de Gautier, celui de Mürger, où j'ai vu l'autre jour une seule pauvre couronne d'immortelles jaunes, apportée par qui ? par la dernière grisette, très vieille, et concierge aux environs, peut-être ? C'est une jolie statuette de Millet, mais que détruisent l'abandon et la saleté. Chante la jeunesse, ô Mürger !

« Me voici donc entrant dans le cimetière Montmartre, et tout à coup imprégné de tristesse, d'une tristesse qui ne faisait pas trop de mal, d'ailleurs, une de ces tristesses qui vous font penser, quand on se porte bien : « Ça n'est pas drôle, cet endroit-« là, mais le moment n'en est pas encore venu pour « moi... »

« L'impression de l'automne, de cette humidité tiède qui sent la mort des feuilles et le soleil affaibli, fatigué, anémique, aggravait en la poétisant la sensation de solitude et de fin définitive flottant sur ce lieu, qui sent la mort des hommes.

« Je m'en allais à petits pas dans ces rues de tombes, où les voisins ne voisinent point, ne couchent plus ensemble et ne lisent pas les journaux. Et je me mis, moi, à lire les épitaphes. Ça, par exemple, c'est la chose la plus amusante du monde. Jamais Labiche, jamais Meilhac ne m'ont fait rire comme le comique de la prose tombale. Ah ! quels livres supérieurs à ceux de Paul de Kock pour ouvrir la rate que ces plaques de marbre et ces croix où les parents des morts ont épanché leurs regrets, leurs vœux pour le bonheur du disparu dans l'autre monde, et leur espoir de le rejoindre — blagueurs !

« Mais j'adore surtout, dans ce cimetière, la partie abandonnée, solitaire, pleine de grands ifs et de cyprès, vieux quartier des anciens morts qui redeviendra bientôt un quartier neuf, dont on abattra les arbres verts, nourris de cadavres humains, pour aligner les récents trépassés sous de petites galettes de marbre.

« Quand j'eus erré là le temps de me rafraîchir l'esprit, je compris que j'allais m'ennuyer et qu'il fallait porter au dernier lit de ma petite amie l'hommage fidèle de mon souvenir. J'avais le cœur un peu serré en arrivant près de sa tombe. Pauvre chère, elle était si gentille, et si amoureuse, et si blanche, et si fraîche... et maintenant... si on ouvrait ça...

« Penché sur la grille de fer, je lui dis tout bas ma peine qu'elle n'entendit point sans doute, et j'allais partir quand je vis une femme en noir, en grand deuil, qui s'agenouillait sur le tombeau voisin. Son voile de crêpe relevé laissait apercevoir une jolie tête blonde, dont les cheveux en bandeaux semblaient éclairés par une lumière d'aurore sous la nuit de sa coiffure. Je restai.

« Certes, elle devait souffrir d'une profonde douleur. Elle avait enfoui son regard dans ses mains, et rigide, en une méditation de statue, partie en ses regrets, égrenant dans l'ombre des yeux cachés et fermés le chapelet torturant des souvenirs, elle semblait elle-même une morte qui penserait à un mort. Puis tout à coup je devinai qu'elle allait pleurer, je le devinai à un petit mouvement du dos pareil à un frisson de vent dans un saule. Elle pleura doucement d'abord, puis plus fort, avec des mouvements rapides du cou et des épaules. Soudain elle découvrit ses yeux. Ils étaient pleins de larmes et charmants, des yeux de folle qu'elle promena autour d'elle, en une sorte de réveil de cauchemar. Elle me vit la regarder, parut honteuse et se cacha encore toute la figure dans ses mains. Alors ses sanglots devinrent convulsifs, et sa tête lentement se pencha vers le marbre. Elle y posa son front, et son voile se répandant autour d'elle couvrit les angles blancs de la sépulture aimée, comme un deuil nouveau. Je l'entendis gémir, puis elle s'affaissa, sa joue sur la dalle, et demeura immobile, sans connaissance.

« Je me précipitai vers elle, je lui frappai dans les mains, je soufflai sur ses paupières, tout en lisant l'épitaphe très simple : « Ici repose Louis-Théodore « Carrel, capitaine d'infanterie de marine, tué par « l'ennemi, au Tonkin. Priez pour lui. »

« Cette mort remontait à quelques mois. Je fus attendri jusqu'aux larmes, et je redoublai mes soins. Ils réussirent ; elle revint à elle. J'avais l'air très ému — je ne suis pas trop mal, je n'ai pas quarante ans. — Je compris à son premier regard qu'elle serait polie et reconnaissante. Elle le fut, avec d'autres larmes, et son histoire contée, sortie par fragments de sa poitrine haletante, la mort de l'officier tombé au Tonkin, au bout d'un an de mariage, après l'avoir épousée par amour, car, orpheline de père et de mère, elle avait tout juste la dot réglementaire.

« Je la consolai, je la réconfortai, je la soulevai, je la relevai.

« Puis je lui dis :

« — Ne restez pas ici. Venez. »

« Elle murmura :

« — Je suis incapable de marcher.

« — Je vais vous soutenir.

« — Merci, monsieur, vous êtes bon. Vous veniez « également ici pleurer un mort ?

« — Oui, madame.

« — Une morte ?

« — Oui, madame.

« — Votre femme ?

« — Une amie.

« — On peut aimer une amie autant que sa
« femme, la passion n'a pas de loi.

« — Oui, madame. »

« Et nous voilà partis ensemble, elle appuyée sur
moi, moi la portant presque par les chemins du
cimetière. Quand nous en fûmes sortis, elle murmura, défaillante :

« — Je crois que je vais me trouver mal.

« — Voulez-vous entrer quelque part, prendre
« quelque chose ?

« — Oui, monsieur. »

« J'aperçus un restaurant, un de ces restaurants
où les amis des morts vont fêter la corvée finie.
Nous y entrâmes. Et je lui fis boire une tasse de thé
bien chaud qui parut la ranimer. Un vague sourire
lui vint aux lèvres. Et elle me parla d'elle. C'était si
triste, si triste d'être toute seule dans la vie, toute
seule chez soi, nuit et jour, de n'avoir plus personne à qui donner de l'affection, de la confiance,
de l'intimité.

« Cela avait l'air sincère. C'était gentil dans sa
bouche. Je m'attendrissais. Elle était fort jeune,
vingt ans peut-être. Je lui fis des compliments
qu'elle accepta fort bien. Puis, comme l'heure passait, je lui proposai de la reconduire chez elle avec
une voiture. Elle accepta ; et, dans le fiacre, nous
restâmes tellement l'un contre l'autre, épaule contre épaule, que nos chaleurs se mêlaient à travers
les vêtements, ce qui est bien la chose la plus
troublante du monde.

« Quand la voiture fut arrêtée à sa maison, elle
murmura : « Je me sens incapable de monter seule
« mon escalier, car je demeure au quatrième. Vous
« avez été si bon, voulez-vous encore me donner le
« bras jusqu'à mon logis ? »

« Je m'empressai d'accepter. Elle monta lentement, en soufflant beaucoup. Puis, devant sa porte,
elle ajouta :

« — Entrez donc quelques instants pour que je
« puisse vous remercier. »

« Et j'entrai, parbleu.

« C'était modeste, même un peu pauvre, mais
simple et bien arrangé, chez elle.

« Nous nous assîmes côte à côte sur un petit
canapé, et elle me parla de nouveau de sa solitude.

« Elle sonna sa bonne, afin de m'offrir quelque
chose à boire. La bonne ne vint pas. J'en fus ravi en
supposant que cette bonne-là ne devait être que du
matin : ce qu'on appelle une femme de ménage.

« Elle avait ôté son chapeau. Elle était vraiment
gentille avec ses yeux clairs fixés sur moi, si bien
fixés, si clairs que j'eus une tentation terrible et j'y
cédai. Je la saisis dans mes bras, et sur ses paupières qui se fermèrent soudain, je mis des baisers...
des baisers... des baisers... tant et plus.

« Elle se débattait en me repoussant et répétant :

« — Finissez... finissez... finissez donc. »

« Quel sens donnait-elle à ce mot ? En des cas
pareils, « finir » peut en avoir au moins deux. Pour
la faire taire je passai des yeux à la bouche, et je
donnai au mot « finir » la conclusion que je préfé-
rais. Elle ne résista pas trop, et quand nous nous
regardâmes de nouveau, après cet outrage à la
mémoire du capitaine tué au Tonkin, elle avait un
air alangui, attendri, résigné, qui dissipa mes
inquiétudes.

« Alors je fus galant, empressé et reconnaissant.
Et après une nouvelle causerie d'une heure environ, je lui demandai :

« — Où dînez-vous ?

« — Dans un petit restaurant des environs.

« — Toute seule ?

« — Mais oui.

« — Voulez-vous dîner avec moi ?

« — Où ça ?

« — Dans un bon restaurant du boulevard. »

« Elle résista un peu. J'insistai : elle céda, en se donnant à elle-même cet argument : « Je m'ennuie « tant... tant » ; puis elle ajouta : « Il faut que je « passe une robe un peu moins sombre. »

« Et elle entra dans sa chambre à coucher.

« Quand elle en sortit, elle était en demi-deuil, charmante, fine et mince, dans une toilette grise et fort simple. Elle avait évidemment tenue de cimetière et tenue de ville.

« Le dîner fut très cordial. Elle but du champagne, s'alluma, s'anima et je rentrai chez elle, avec elle.

« Cette liaison nouée sur les tombes dura trois semaines environ. Mais on se fatigue de tout, et principalement des femmes. Je la quittai sous prétexte d'un voyage indispensable. J'eus un départ très généreux, dont elle me remercia beaucoup. Et elle me fit promettre, elle me fit jurer de revenir après mon retour, car elle semblait vraiment un peu attachée à moi.

« Je courus à d'autres tendresses, et un mois environ se passa sans que la pensée de revoir cette petite amoureuse funéraire fût assez forte pour que j'y cédasse. Cependant je ne l'oubliais point... Son souvenir me hantait comme un mystère, comme un problème de psychologie, comme une de ces questions inexplicables dont la solution nous harcèle.

« Je ne sais pourquoi, un jour, je m'imaginai que je la retrouverais au cimetière Montmartre, et j'y allai.

« Je m'y promenai longtemps sans rencontrer d'autres personnes que les visiteurs ordinaires de ce lieu, ceux qui n'ont pas encore rompu toutes relations avec leurs morts. La tombe du capitaine tué au Tonkin n'avait pas de pleureuse sur son marbre, ni de fleurs, ni de couronnes.

« Mais comme je m'égarais dans un autre quartier de cette grande ville de trépassés, j'aperçus tout à coup, au bout d'une étroite avenue de croix, venant vers moi, un couple en grand deuil, l'homme et la femme. O stupeur ! quand ils s'approchèrent, je la reconnus. C'était elle !

« Elle me vit, rougit, et, comme je la frôlais en la croisant, elle me fit un tout petit signe, un tout petit coup d'œil qui signifiaient : « Ne me reconnaissez pas », mais qui semblaient dire aussi : « Revenez me voir, mon chéri. »

« L'homme était bien, distingué, chic, officier de la Légion d'honneur, âgé d'environ cinquante ans.

« Et il la soutenait, comme je l'avais soutenue moi-même en quittant le cimetière.

« Je m'en allai stupéfait, me demandant ce que je venais de voir, à quelle race d'êtres appartenait cette sépulcrale chasseresse. Était-ce une simple fille, une prostituée inspirée qui allait cueillir sur les tombes les hommes tristes, hantés par une femme, épouse ou maîtresse, et troublés encore du souvenir des caresses disparues ? Était-elle unique ? Sont-elles plusieurs ? Est-ce une profession ? Fait-on le cimetière comme on fait le trottoir ? Les Tombales ! Ou bien avait-elle eu seule cette idée admirable, d'une philosophie profonde, d'exploiter les regrets d'amour qu'on ranime en ces lieux funèbres ?

« Et j'aurais bien voulu savoir de qui elle était veuve, ce jour-là ? »

SUR L'EAU

J'avais loué, l'été dernier, une petite maison de campagne au bord de la Seine, à plusieurs lieues de Paris, et j'allais y coucher tous les soirs. Je fis, au bout de quelques jours, la connaissance d'un de mes voisins, un homme de trente à quarante ans, qui était bien le type le plus curieux que j'eusse jamais vu. C'était un vieux canotier, mais un canotier enragé, toujours près de l'eau, toujours sur l'eau, toujours dans l'eau. Il devait être né dans un canot, et il mourra bien certainement dans le canotage final.

Un soir que nous nous promenions au bord de la Seine, je lui demandai de me raconter quelques anecdotes de sa vie nautique. Voilà immédiatement mon bonhomme qui s'anime, se transfigure, devient éloquent, presque poète. Il avait dans le cœur une grande passion, une passion dévorante, irrésistible : la rivière.

« Ah ! me dit-il, combien j'ai de souvenirs sur cette rivière que vous voyez couler là près de nous ! Vous autres, habitants des rues, vous ne savez pas ce qu'est la rivière. Mais écoutez un pêcheur prononcer ce mot. Pour lui, c'est la chose mystérieuse, profonde, inconnue, le pays des mirages et des fantasmagories, où l'on voit, la nuit, des choses qui ne sont pas, où l'on entend des bruits que l'on ne connaît point, où l'on tremble sans savoir pourquoi, comme en traversant un cimetière : et c'est en effet le plus sinistre des cimetières, celui où l'on n'a point de tombeau.

« La terre est bornée pour le pêcheur, et dans l'ombre, quand il n'y a pas de lune, la rivière est illimitée. Un marin n'éprouve point la même chose pour la mer. Elle est souvent dure et méchante, c'est vrai, mais elle crie, elle hurle, elle est loyale, la grande mer ; tandis que la rivière est silencieuse et perfide. Elle ne gronde pas, elle coule toujours sans bruit, et ce mouvement éternel de l'eau qui coule est plus effrayant pour moi que les hautes vagues de l'Océan.

« Des rêveurs prétendent que la mer cache dans son sein d'immenses pays bleuâtres, où les noyés roulent parmi les grands poissons, au milieu d'étranges forêts et dans des grottes de cristal. La rivière n'a que des profondeurs noires où l'on pourrit dans la vase. Elle est belle pourtant quand elle brille au soleil levant et qu'elle clapote douce-ment entre ses berges couvertes de roseaux qui murmurent.

« Le poète a dit en parlant de l'Océan :

O flots, que vous savez de lugubres histoires !
Flots profonds, redoutés des mères à genoux,
Vous vous les racontez en montant les marées
Et c'est ce qui vous fait ces voix désespérées
Que vous avez, le soir, quand vous venez vers nous.

« Eh bien, je crois que les histoires chuchotées par les roseaux minces avec leurs petites voix si douces doivent être encore plus sinistres que les drames lugubres racontés par les hurlements des vagues.

« Mais puisque vous me demandez quelques-uns de mes souvenirs, je vais vous dire une singulière aventure qui m'est arrivée ici, il y a une dizaine d'années.

« J'habitais, comme aujourd'hui, la maison de la mère Lafon, et un de mes meilleurs camarades, Louis Bernet, qui a maintenant renoncé au canotage, à ses pompes et à son débraillé pour entrer au Conseil d'État, était installé au village de C..., deux lieues plus bas. Nous dînions tous les jours ensemble, tantôt chez lui, tantôt chez moi.

« Un soir, comme je revenais tout seul et assez fatigué, traînant péniblement mon gros bateau, un *océan* de douze pieds, dont je me servais toujours la nuit, je m'arrêtai quelques secondes pour reprendre haleine auprès de la pointe des roseaux, là-bas, deux cents mètres environ avant le pont du chemin de fer. Il faisait un temps magnifique ; la lune resplendissait, le fleuve brillait, l'air était calme et doux. Cette tranquillité me tenta ; je me dis qu'il ferait bien bon fumer une pipe en cet endroit. L'action suivit la pensée ; je saisis mon ancre et la jetai dans la rivière.

« Le canot, qui redescendait avec le courant, fila sa chaîne jusqu'au bout, puis s'arrêta ; et je m'assis à l'arrière sur ma peau de mouton, aussi commodément qu'il me fut possible. On n'entendait rien, rien : parfois seulement, je croyais saisir un petit clapotement presque insensible de l'eau contre la rive, et j'apercevais des groupes de roseaux plus élevés qui prenaient des figures surprenantes et semblaient par moments s'agiter.

« Le fleuve était parfaitement tranquille, mais je me sentis ému par le silence extraordinaire qui m'entourait. Toutes les bêtes, grenouilles et crapauds, ces chanteurs nocturnes des marécages, se taisaient. Soudain, à ma droite, contre moi, une grenouille coassa. Je tressaillis : elle se tut ; je n'entendis plus rien, et je résolus de fumer un peu pour me distraire. Cependant, quoique je fusse un culotteur de pipes renommé, je ne pus pas ; dès la seconde bouffée, le cœur me tourna et je cessai. Je me mis à chantonner ; le son de ma voix m'était pénible ; alors, je m'étendis au fond du bateau et je regardai le ciel. Pendant quelque temps, je demeurai tranquille, mais bientôt les légers mouvements de la barque m'inquiétèrent. Il me sembla qu'elle faisait des embardées gigantesques, touchant tour à tour les deux berges du fleuve ; puis je crus qu'un être ou qu'une force invisible l'attirait doucement au fond de l'eau et la soulevait ensuite pour la laisser retomber. J'étais ballotté comme au milieu d'une tempête ; j'entendis des bruits autour de moi ; je me dressai d'un bond : l'eau brillait, tout était calme.

« Je compris que j'avais les nerfs un peu ébranlés et je résolus de m'en aller. Je tirai sur ma chaîne ; le canot se mit en mouvement, puis je sentis une résistance, je tirai plus fort, l'ancre ne vint pas ; elle avait accroché quelque chose au fond de l'eau et je ne pouvais la soulever ; je recommençai à tirer, mais inutilement. Alors, avec mes avirons, je fis tourner mon bateau et je le portai en amont pour changer la position de l'ancre. Ce fut en vain, elle tenait toujours ; je fus pris de colère et je secouai la chaîne rageusement. Rien ne remua. Je m'assis découragé et je me mis à réfléchir sur ma position. Je ne pouvais songer à casser cette chaîne ni à la séparer de l'embarcation, car elle était énorme et rivée à l'avant dans un morceau de bois plus gros que mon bras ; mais comme le temps demeurait fort beau, je pensai que je ne tarderais point, sans doute, à rencontrer quelque pêcheur qui viendrait à mon secours. Ma mésaventure m'avait calmé ; je m'assis et je pus enfin fumer ma pipe. Je possédais une bouteille de rhum, j'en bus deux ou trois verres, et ma situation me fit rire. Il faisait très chaud, de sorte qu'à la rigueur je pouvais, sans grand mal, passer la nuit à la belle étoile.

« Soudain, un petit coup sonna contre mon bordage. Je fis un soubresaut, et une sueur froide me glaça des pieds à la tête. Ce bruit venait sans doute de quelque bout de bois entraîné par le courant, mais cela avait suffi et je me sentis envahi de nouveau par une étrange agitation nerveuse. Je saisis ma chaîne et je me raidis dans un effort désespéré. L'ancre tint bon. Je me rassis épuisé.

« Cependant, la rivière s'était peu à peu couverte d'un brouillard blanc très épais qui rampait sur l'eau fort bas, de sorte que, en me dressant debout, je ne voyais plus le fleuve, ni mes pieds, ni mon bateau, mais j'apercevais seulement les pointes des roseaux, puis, plus loin, la plaine toute pâle de la lumière de la lune, avec de grandes taches noires qui montaient dans le ciel, formées par des groupes de peupliers d'Italie. J'étais comme enseveli jusqu'à la ceinture dans une nappe de coton d'une blancheur singulière, et il me venait des imaginations fantastiques. Je me figurais qu'on essayait de monter dans ma barque que je ne pouvais plus distinguer, et que la rivière, cachée par ce brouillard opaque, devait être pleine d'êtres étranges qui nageaient autour de moi. J'éprouvais un malaise horrible, j'avais les tempes serrées, mon cœur battait à m'étouffer ; et, perdant la tête, je pensai à me sauver à la nage ; puis aussitôt cette idée me fit frissonner d'épouvante. Je me vis, perdu, allant à l'aventure dans cette brume épaisse, me débattant au milieu des herbes et des roseaux que je ne pourrais éviter, râlant de peur, ne voyant pas la berge, ne retrouvant plus mon bateau, et il me semblait que je me sentirais tiré par les pieds tout au fond de cette eau noire.

« En effet, comme il m'eût fallu remonter le courant au moins pendant cinq cents mètres avant de trouver un point libre d'herbes et de joncs où je pusse prendre pied, il y avait pour moi neuf chances sur dix de ne pouvoir me diriger dans ce brouillard et de me noyer, quelque bon nageur que je fusse.

« J'essayai de me raisonner. Je me sentais la volonté bien ferme de ne point avoir peur, mais il y avait en moi autre chose que ma volonté, et cette autre chose avait peur. Je me demandai ce que je pouvais redouter ; mon *moi* brave railla mon *moi* poltron, et jamais aussi bien que ce jour-là je ne saisis l'opposition des deux êtres qui sont en nous, l'un voulant, l'autre résistant, et chacun l'emportant tour à tour.

« Cet effroi bête et inexplicable grandissait toujours et devenait de la terreur. Je demeurais immobile, les yeux ouverts, l'oreille tendue et attendant. Quoi ? Je n'en savais rien, mais ce devait être terrible. Je crois que si un poisson se fût avisé de sauter hors de l'eau, comme cela arrive souvent, il n'en aurait pas fallu davantage pour me faire tomber raide, sans connaissance.

« Cependant, par un effort violent, je finis par ressaisir à peu près ma raison qui m'échappait. Je pris de nouveau ma bouteille de rhum et je bus à grands traits. Alors une idée me vint et je me mis à crier de toutes mes forces en me tournant successivement vers les quatre points de l'horizon. Lorsque mon gosier fut absolument paralysé, j'écoutai.

— Un chien hurlait, très loin.

« Je bus encore et je m'étendis tout de mon long au fond du bateau. Je restai ainsi peut-être une heure, peut-être deux, sans dormir, les yeux ouverts, avec des cauchemars autour de moi. Je n'osais pas me lever et pourtant je le désirais violemment ; je remettais de minute en minute. Je me disais : « Allons, debout ! » et j'avais peur de faire un mouvement. A la fin, je me soulevai avec des précautions infinies, comme si ma vie eût dépendu du moindre bruit que j'aurais fait, et je regardai par-dessus le bord.

« Je fus ébloui par le plus merveilleux, le plus étonnant spectacle qu'il soit possible de voir. C'était une de ces fantasmagories du pays des fées, une de ces visions racontées par les voyageurs qui reviennent de très loin et que nous écoutons sans les croire.

« Le brouillard qui, deux heures auparavant, flottait sur l'eau, s'était peu à peu retiré et ramassé sur les rives. Laissant le fleuve absolument libre, il avait formé sur chaque berge une colline ininterrompue, haute de six ou sept mètres, qui brillait sous la lune avec l'éclat superbe des neiges. De sorte qu'on ne voyait rien autre chose que cette rivière lamée de feu entre ces deux montagnes blanches ; et là-haut, sur ma tête, s'étalait, pleine et large, une grande lune illuminante au milieu d'un ciel bleuâtre et laiteux.

« Toutes les bêtes de l'eau s'étaient réveillées ; les grenouilles coassaient furieusement, tandis que, d'instant en instant, tantôt à droite, tantôt à gauche, j'entendais cette note courte, monotone et triste, que jette aux étoiles la voix cuivrée des crapauds. Chose étrange, je n'avais plus peur ; j'étais au milieu d'un paysage tellement extraordinaire que les singularités les plus fortes n'eussent pu m'étonner.

« Combien de temps cela dura-t-il, je n'en sais rien, car j'avais fini par m'assoupir. Quand je rouvris les yeux, la lune était couchée, le ciel plein de nuages. L'eau clapotait lugubrement, le vent soufflait, il faisait froid, l'obscurité était profonde.

« Je bus ce qui me restait de rhum, puis j'écoutai en grelottant le froissement des roseaux et le bruit sinistre de la rivière. Je cherchai à voir, mais je ne pus distinguer mon bateau, ni mes mains elles-mêmes, que j'approchais de mes yeux.

« Peu à peu, cependant, l'épaisseur du noir diminua. Soudain je crus sentir qu'une ombre glissait tout près de moi ; je poussai un cri, une voix répondit ; c'était un pêcheur. Je l'appelai, il s'approcha et je lui racontai ma mésaventure. Il mit alors son bateau bord à bord avec le mien, et tous les deux nous tirâmes sur la chaîne. L'ancre ne remua pas. Le jour venait, sombre, gris, pluvieux, glacial, une de ces journées qui vous apportent des tristesses et des malheurs. J'aperçus une autre barque, nous la hélâmes. L'homme qui la montait unit ses efforts aux nôtres ; alors, peu à peu, l'ancre céda. Elle montait, mais doucement, doucement, et chargée d'un poids considérable. Enfin nous aperçûmes une masse noire, et nous la tirâmes à mon bord :

« C'était le cadavre d'une vieille femme qui avait une grosse pierre au cou. »

HISTOIRE D'UNE FILLE
DE FERME

I

COMME le temps était fort beau, les gens de la ferme avaient dîné plus vite que de coutume et s'en étaient allés dans les champs.

Rose, la servante, demeura toute seule au milieu de la vaste cuisine où un reste de feu s'éteignait dans l'âtre sous la marmite pleine d'eau chaude. Elle puisait à cette eau par moments et lavait lentement sa vaisselle, s'interrompant pour regarder deux carrés lumineux que le soleil, à travers la fenêtre, plaquait sur la longue table, et dans lesquels apparaissaient les défauts des vitres.

Trois poules très hardies cherchaient des miettes sous les chaises. Des odeurs de basse-cour, des tiédeurs fermentées d'étable entraient par la porte entrouverte ; et dans le silence du midi brûlant on entendait chanter les coqs.

Quand la fille eut fini sa besogne, essuyé la table, nettoyé la cheminée et rangé les assiettes sur le haut dressoir au fond près de l'horloge en bois au tictac sonore, elle respira, un peu étourdie, oppressée sans savoir pourquoi. Elle regarda les murs d'argile noircis, les poutres enfumées du plafond où pendaient des toiles d'araignée, des harengs saurs et des rangées d'oignons ; puis elle s'assit, gênée par les émanations anciennes que la chaleur de ce jour faisait sortir de la terre battue du sol où avaient séché tant de choses répandues depuis si longtemps. Il s'y mêlait aussi la saveur âcre du laitage qui crémait au frais dans la pièce à côté. Elle voulut cependant se mettre à coudre comme elle en avait l'habitude, mais la force lui manqua et elle alla respirer sur le seuil.

Alors, caressée par l'ardente lumière, elle sentit une douceur qui lui pénétrait au cœur, un bien-être coulant dans ses membres.

Devant la porte, le fumier dégageait sans cesse une petite vapeur miroitante. Les poules se vautraient dessus, couchées sur le flanc, et grattaient un peu d'une seule patte pour trouver des vers. Au milieu d'elles, le coq, superbe, se dressait. A chaque instant il en choisissait une et tournait autour avec un petit gloussement d'appel. La poule se levait nonchalamment et le recevait d'un air tranquille, pliant les pattes et le supportant sur ses ailes ; puis elle secouait ses plumes d'où sortait de la poussière et s'étendait de nouveau sur le fumier, tandis que lui chantait, comptant ses triomphes ; et dans toutes les cours tous les coqs lui répondaient, comme si, d'une ferme à l'autre, ils se fussent envoyé des défis amoureux.

La servante les regardait sans penser ; puis elle leva les yeux et fut éblouie par l'éclat des pommiers en fleur, tout blancs comme des têtes poudrées.

Soudain un jeune poulain, affolé de gaieté, passa devant elle en galopant. Il fit deux fois le tour des

72

fossés plantés d'arbres, puis s'arrêta brusquement et tourna la tête comme étonné d'être seul.

Elle aussi se sentait une envie de courir, un besoin de mouvement et, en même temps, un désir de s'étendre, d'allonger ses membres, de se reposer dans l'air immobile et chaud. Elle fit quelques pas, indécise, fermant les yeux, saisie par un bien-être bestial ; puis, tout doucement, elle alla chercher les œufs au poulailler. Il y en avait treize, qu'elle prit et rapporta. Quand ils furent serrés dans le buffet, les odeurs de la cuisine l'incommodèrent de nouveau et elle sortit pour s'asseoir un peu sur l'herbe.

La cour de ferme, enfermée par les arbres, semblait dormir. L'herbe haute, où des pissenlits jaunes éclataient comme des lumières, était d'un vert puissant, d'un vert tout neuf de printemps. L'ombre des pommiers se ramassait en rond à leurs pieds ; et les toits de chaume des bâtiments, au sommet desquels poussaient des iris aux feuilles pareilles à des sabres, fumaient un peu comme si l'humidité des écuries et des granges se fût envolée à travers la paille.

La servante arriva sous le hangar où l'on rangeait les chariots et les voitures. Il y avait là, dans le creux du fossé, un grand trou vert plein de violettes dont l'odeur se répandait, et, par-dessus le talus, on apercevait la campagne, une vaste plaine où poussaient les récoltes, avec des bouquets d'arbres par endroits, et, de place en place, des groupes de travailleurs lointains, tout petits comme des poupées, des chevaux blancs pareils à des jouets, traînant une charrue d'enfant poussée par un bonhomme haut comme le doigt.

Elle alla prendre une botte de paille dans un grenier et la jeta dans ce trou pour s'asseoir dessus ; puis, n'étant pas à son aise, elle défit le lien, éparpilla son siège et s'étendit sur le dos, les deux bras sous sa tête et les jambes allongées.

Tout doucement elle fermait les yeux, assoupie dans une mollesse délicieuse. Elle allait même s'endormir tout à fait, quand elle sentit deux mains qui lui prenaient la poitrine, et elle se redressa d'un bond. C'était Jacques, le garçon de ferme, un grand Picard bien découplé, qui la courtisait depuis quelque temps. Il travaillait ce jour-là dans la bergerie, et, l'ayant vue s'étendre à l'ombre, il était venu à pas de loup, retenant son haleine, les yeux brillants, avec des brins de paille dans les cheveux.

Il essaya de l'embrasser, mais elle le gifla, forte comme lui ; et, sournois, il demanda grâce. Alors ils s'assirent l'un près de l'autre et ils causèrent amicalement. Ils parlèrent du temps qui était favorable aux moissons, de l'année qui s'annonçait bien, de leur maître, un brave homme, puis des voisins, du pays tout entier, d'eux-mêmes, de leur village, de leur jeunesse, de leurs souvenirs, des parents qu'ils avaient quittés pour longtemps, pour toujours peut-être. Elle s'attendrit en pensant à cela, et lui, avec son idée fixe, se rapprochait, se frottait contre elle, frémissant, tout envahi par le désir. Elle disait :

« Y a bien longtemps que je n'ai vu maman ; c'est dur tout de même d'être séparées tant que ça. »

Et son œil perdu regardait au loin, à travers l'espace, jusqu'au village abandonné là-bas, là-bas, vers le nord.

Lui, tout à coup, la saisit par le cou et l'embrassa de nouveau ; mais, de son poing fermé, elle le frappa en pleine figure si violemment qu'il se mit à saigner du nez ; et il se leva pour aller appuyer sa tête contre un tronc d'arbre. Alors elle fut attendrie et, se rapprochant de lui, elle demanda :

« Ça te fait mal ? »

Mais il se mit à rire. Non, ce n'était rien ; seulement elle avait tapé juste sur le milieu. Il murmurait : « Cré coquin ! » et il la regardait avec admiration, pris d'un respect, d'une affection tout autre, d'un commencement d'amour vrai pour cette grande gaillarde si solide.

Quand le sang eut cessé de couler, il lui proposa de faire un tour, craignant, s'ils restaient ainsi côte à côte, la rude poigne de sa voisine. Mais d'elle-même elle lui prit le bras, comme font les promis le soir, dans l'avenue, et elle lui dit :

« Ça n'est pas bien, Jacques, de me mépriser comme ça. »

Il protesta. Non, il ne la méprisait pas, mais il était amoureux, voilà tout.

« Alors, tu me veux bien en mariage ? » dit-elle.

Il hésita, puis il se mit à la regarder de côté pendant qu'elle tenait ses yeux perdus au loin devant elle. Elle avait les joues rouges et pleines, une large poitrine saillante sous l'indienne de son caraco, de grosses lèvres fraîches, et sa gorge, presque nue, était semée de petites gouttes de sueur. Il se sentit repris d'envie, et, la bouche dans son oreille, il murmura :

« Oui, je veux bien. »

Alors elle lui jeta ses bras au cou et elle l'embrassa si longtemps qu'ils en perdaient haleine tous les deux.

De ce moment commença entre eux l'éternelle histoire de l'amour. Ils se lutinaient dans les coins ; ils se donnaient des rendez-vous au clair de la lune, à l'abri d'une meule de foin, et ils se faisaient des bleus aux jambes, sous la table, avec leurs gros souliers ferrés.

Puis, peu à peu, Jacques parut s'ennuyer d'elle ; il l'évitait, ne lui parlait plus guère, ne cherchait plus à la rencontrer seule. Alors elle fut envahie par des doutes et une grande tristesse ; et, au bout de quelque temps, elle s'aperçut qu'elle était enceinte.

Elle fut consternée d'abord, puis une colère lui vint, plus forte chaque jour, parce qu'elle ne parvenait point à le trouver, tant il l'évitait avec soin.

Enfin, une nuit, comme tout le monde dormait dans la ferme, elle sortit sans bruit, en jupon, pieds nus, traversa la cour et poussa la porte de l'écurie où Jacques était couché dans une grande boîte pleine de paille au-dessus de ses chevaux. Il fit semblant de ronfler en l'entendant venir ; mais elle se hissa près de lui, et, à genoux à son côté, le secoua jusqu'à ce qu'il se dressât.

Quand il se fut assis, demandant : « Qu'est-ce que tu veux ? » elle prononça, les dents serrées, tremblant de fureur : « Je veux, je veux que tu m'épouses, puisque tu m'as promis le mariage. » Il se mit à rire et répondit : « Ah bien ! si on épousait toutes les filles avec qui on a fauté, ça ne serait pas à faire. »

Mais elle le saisit à la gorge, le renversa sans qu'il pût se débarrasser de son étreinte farouche, et, l'étranglant, elle lui cria tout près, dans la figure : « Je suis grosse, entends-tu, je suis grosse. »

Il haletait, suffoquant ; et ils restaient là tous deux, immobiles, muets dans le silence noir troublé seulement par le bruit de mâchoire d'un cheval qui tirait sur la paille du râtelier, puis la broyait avec lenteur.

Quand Jacques comprit qu'elle était la plus forte, il balbutia :

« Eh bien, je t'épouserai, puisque c'est ça. »

Mais elle ne croyait plus à ses promesses.

« Tout de suite, dit-elle ; tu feras publier les bans. »

Il répondit :

« Tout de suite.

— Jure-le sur le Bon Dieu. »

Il hésita pendant quelques secondes, puis, prenant son parti :

« Je le jure sur le Bon Dieu. »

Alors elle ouvrit les doigts et, sans ajouter une parole, s'en alla.

Elle fut quelques jours sans pouvoir lui parler, et l'écurie se trouvant désormais fermée à clef toutes les nuits, elle n'osait pas faire de bruit de crainte du scandale.

Puis, un matin, elle vit entrer à la soupe un autre valet. Elle demanda :

« Jacques est parti ?

— Mais oui, dit l'autre, je suis à sa place. »

Elle se mit à trembler si fort, qu'elle ne pouvait décrocher sa marmite ; puis, quand tout le monde fut au travail, elle monta dans sa chambre et pleura, la face dans son traversin, pour n'être pas entendue.

Dans la journée, elle essaya de s'informer sans éveiller les soupçons ; mais elle était tellement obsédée par la pensée de son malheur qu'elle croyait voir rire malicieusement tous les gens qu'elle interrogeait. Du reste, elle ne put rien apprendre, sinon qu'il avait quitté le pays tout à fait.

II

Alors commença pour elle une vie de torture continuelle. Elle travaillait comme une machine, sans s'occuper de ce qu'elle faisait, avec cette idée fixe en tête : « Si on le savait ! »

Cette obsession constante la rendait tellement incapable de raisonner qu'elle ne cherchait même pas les moyens d'éviter ce scandale qu'elle sentait venir, se rapprochant chaque jour, irréparable, et sûr comme la mort.

Elle se levait tous les matins bien avant les autres et, avec une persistance acharnée, essayait de regarder sa taille dans un petit morceau d'une glace cassée qui lui servait à se peigner, très anxieuse de savoir si ce n'était pas aujourd'hui qu'on s'en apercevrait.

Et, pendant le jour, elle interrompait à tout instant son travail, pour considérer du haut en bas si l'ampleur de son ventre ne soulevait pas trop son tablier.

Les mois passaient. Elle ne parlait presque plus et, quand on lui demandait quelque chose, ne comprenait pas, effarée, l'œil hébété, les mains tremblantes ; ce qui faisait dire à son maître :

« Ma pauvre fille, que t'es sotte depuis quelque temps ! »

A l'église, elle se cachait derrière un pilier, et n'osait plus aller à confesse, redoutant beaucoup la rencontre du curé, à qui elle prêtait un pouvoir surhumain lui permettant de lire dans les consciences.

A table, les regards de ses camarades la faisaient maintenant défaillir d'angoisse, et elle s'imaginait toujours être découverte par le vacher, un petit gars précoce et sournois dont l'œil luisant ne la quittait pas.

Un matin, le facteur lui remit une lettre. Elle n'en avait jamais reçu et resta tellement bouleversée qu'elle fut obligée de s'asseoir. C'était de lui, peut-être ? Mais, comme elle ne savait pas lire, elle restait anxieuse, tremblante, devant ce papier couvert d'encre. Elle le mit dans sa poche, n'osant confier son secret à personne ; et souvent elle s'arrêtait de travailler pour regarder longtemps ces lignes également espacées qu'une signature terminait, s'imaginant vaguement qu'elle allait tout à coup en découvrir le sens. Enfin, comme elle devenait folle d'impatience et d'inquiétude, elle alla trouver le maître d'école qui la fit asseoir et lut :

« *Ma chère fille, la présente est pour te dire que je suis bien bas ; notre voisin, maître Dentu, a pris la plume pour te mander de venir si tu peux.*
      « *Pour ta mère affectionnée,*
            « Césaire Dentu, *adjoint.* »

Elle ne dit pas un mot et s'en alla ; mais, sitôt qu'elle fut seule, elle s'affaissa au bord du chemin, les jambes rompues ; et elle resta là jusqu'à la nuit.

En rentrant, elle raconta son malheur au fermier, qui la laissa partir pour autant de temps qu'elle voudrait, promettant de faire faire sa besogne par une fille de journée et de la reprendre à son retour.

Sa mère était à l'agonie ; elle mourut le jour même de son arrivée ; et, le lendemain, Rose accouchait d'un enfant de sept mois, un petit squelette affreux, maigre à donner des frissons, et qui semblait souffrir sans cesse, tant il crispait douloureusement ses pauvres mains décharnées comme des pattes de crabe.

Il vécut cependant.

Elle raconta qu'elle était mariée, mais qu'elle ne pouvait se charger du petit et elle le laissa chez des voisins qui promirent d'en avoir bien soin.

Elle revint.

Mais alors, en son cœur si longtemps meurtri, se leva, comme une aurore, un amour inconnu pour ce petit être chétif qu'elle avait laissé là-bas ; et cet amour même était une souffrance nouvelle, une souffrance de toutes les heures, de toutes les minutes, puisqu'elle était séparée de lui.

Ce qui la martyrisait surtout, c'était un besoin fou de l'embrasser, de l'étreindre en ses bras, de sentir contre sa chair la chaleur de son petit corps. Elle ne dormait plus la nuit ; elle y pensait tout le jour ; et, le soir, son travail fini, elle s'asseyait devant le feu, qu'elle regardait fixement comme les gens qui pensent au loin.

On commençait même à jaser à son sujet, et on la plaisantait sur l'amoureux qu'elle devait avoir, lui demandant s'il était beau, s'il était grand, s'il était riche, à quand la noce, à quand le baptême ? Et elle se sauvait souvent pour pleurer toute seule, car ces questions lui entraient dans la peau comme des épingles.

Pour se distraire de ces tracasseries, elle se mit à l'ouvrage avec fureur, et, songeant toujours à son enfant, elle chercha les moyens d'amasser pour lui beaucoup d'argent.

Elle résolut de travailler si fort qu'on serait obligé d'augmenter ses gages.

Alors, peu à peu, elle accapara la besogne autour d'elle, fit renvoyer une servante qui devenait inutile depuis qu'elle peinait autant que deux, économisa sur le pain, sur l'huile et sur la chandelle, sur le grain qu'on jetait trop largement aux poules, sur le fourrage des bestiaux qu'on gaspillait un peu. Elle se montra avare de l'argent du maître comme si c'eût été le sien, et, à force de faire des marchés avantageux, de vendre cher ce qui sortait de la maison et de déjouer les ruses des paysans qui offraient leurs produits, elle eut seule le soin des achats et des ventes, la direction du travail des gens de peine, le compté des provisions ; et, en peu de temps, elle devint indispensable. Elle exerçait une telle surveillance autour d'elle, que la ferme, sous sa direction, prospéra prodigieusement. On parlait à deux lieues à la ronde de la « servante à maître Vallin » ; et le fermier répétait partout : « Cette fille-là, ça vaut mieux que de l'or. »

Cependant, le temps passait et ses gages restaient les mêmes. On acceptait son travail forcé comme une chose due par toute servante dévouée, une simple marque de bonne volonté ; et elle commença à songer avec un peu d'amertume que si le fermier encaissait, grâce à elle, cinquante ou cent écus de supplément tous les mois, elle continuait à gagner ses 240 francs par an, rien de plus, rien de moins.

Elle résolut de réclamer une augmentation. Trois fois elle alla trouver le maître et, arrivée devant lui, parla d'autre chose. Elle ressentait une sorte de pudeur à solliciter de l'argent, comme si c'eût été une action un peu honteuse. Enfin, un jour que le fermier déjeunait seul dans la cuisine, elle lui dit d'un air embarrassé qu'elle désirait lui parler particulièrement. Il leva la tête, surpris, les deux mains sur la table, tenant de l'une son couteau, la pointe en l'air, et de l'autre une bouchée de pain, et il regarda fixement sa servante. Elle se troubla sous son regard et demanda huit jours pour aller au pays parce qu'elle était un peu malade.

Il les lui accorda tout de suite ; puis, embarrassé lui-même, il ajouta :

« Moi aussi, j'aurai à te parler, quand tu seras revenue. »

III

L'ENFANT allait avoir huit mois : elle ne le reconnut
point. Il était devenu tout rose, joufflu, potelé
partout, pareil à un petit paquet de graisse vivante.
Ses doigts, écartés par des bourrelets de chair,
remuaient doucement dans une satisfaction visible.
Elle se jeta dessus comme sur une proie, avec un
emportement de bête, et elle l'embrassa si violemment qu'il se prit à hurler de peur. Alors elle se mit
elle-même à pleurer parce qu'il ne la reconnaissait
pas et qu'il tendait ses bras vers sa nourrice aussitôt qu'il l'apercevait.

Dès le lendemain cependant il s'accoutuma à sa
figure, et il riait en la voyant. Elle l'emportait dans
la campagne, courait affolée en le tenant au bout
de ses mains, s'asseyait sous l'ombre des arbres ;
puis, pour la première fois de sa vie, et bien qu'il
ne l'entendît point, elle ouvrait son cœur à quelqu'un, lui racontait ses chagrins, ses travaux, ses
soucis, ses espérances, et elle le fatiguait sans cesse
par la violence et l'acharnement de ses caresses.

Elle prenait une joie infinie à le pétrir dans ses
mains, à le laver, à l'habiller ; et elle était même
heureuse de nettoyer ses saletés d'enfant, comme si

ces soins intimes eussent été une confirmation de sa maternité. Elle le considérait, s'étonnant qu'il fût à elle, et elle se répétait à demi-voix, en le faisant danser dans ses bras : « C'est mon petiot, c'est mon petiot. »

Elle sanglota toute la route en retournant à la ferme, et elle était à peine revenue que son maître l'appela dans sa chambre. Elle s'y rendit, très étonnée et fort émue sans savoir pourquoi.

« Assieds-toi là », dit-il.

Elle s'assit et ils restèrent pendant quelques instants à côté l'un de l'autre, embarrassés tous les deux, les bras inertes et encombrants, et sans se regarder en face, à la façon des paysans.

Le fermier, gros homme de quarante-cinq ans, deux fois veuf, jovial et têtu, éprouvait une gêne évidente qui ne lui était pas ordinaire. Enfin il se décida et se mit à parler d'un air vague, bredouillant un peu et regardant au loin dans la campagne.

« Rose, dit-il, est-ce que tu n'as jamais songé à t'établir ? »

Elle devint pâle comme une morte. Voyant qu'elle ne lui répondait pas, il continua :

« Tu es une brave fille, rangée, active et économe. Une femme comme toi, ça ferait la fortune d'un homme. »

Elle restait toujours immobile, l'œil effaré, ne cherchant même pas à comprendre, tant ses idées tourbillonnaient comme à l'approche d'un grand danger. Il attendit une seconde, puis continua :

« Vois-tu, une ferme sans maîtresse, ça ne peut pas aller, même avec une servante comme toi. »

Alors il se tut, ne sachant plus que dire ; et Rose le regardait de l'air épouvanté d'une personne qui se croit en face d'un assassin et s'apprête à s'enfuir au moindre geste qu'il fera.

Enfin, au bout de cinq minutes, il demanda :
« Eh bien ! ça te va-t-il ? »
Elle répondit avec une physionomie idiote :
« Quoi, not' maître ? »
Alors lui, brusquement :
« Mais de m'épouser, pardine ! »
Elle se dressa tout à coup, puis retomba comme cassée sur sa chaise, où elle demeura sans mouvement, pareille à quelqu'un qui aurait reçu le coup d'un grand malheur. Le fermier à la fin s'impatienta :
« Allons, voyons ; qu'est-ce qu'il te faut alors ? »
Elle le contemplait affolée ; puis, soudain, les larmes lui vinrent aux yeux, et elle répéta deux fois en suffoquant :
« Je ne peux pas, je ne peux pas !
— Pourquoi ça ? demanda l'homme. Allons, ne fais pas la bête ; je te donne jusqu'à demain pour réfléchir. »
Et il se dépêcha de s'en aller, très soulagé d'en avoir fini avec cette démarche qui l'embarrassait beaucoup, et ne doutant pas que, le lendemain, sa servante accepterait une proposition qui était pour elle tout à fait inespérée et, pour lui, une excellente affaire, puisqu'il s'attachait ainsi à jamais une femme qui lui rapporterait certes davantage que la plus belle dot du pays.
Il ne pouvait d'ailleurs exister entre eux de scrupules de mésalliance, car, dans la campagne, tous sont à peu près égaux : le fermier laboure comme son valet qui, le plus souvent, devient maître à son tour un jour ou l'autre, et les servantes à tout moment passent maîtresses sans que cela apporte aucun changement dans leur vie ou leurs habitudes.
Rose ne se coucha pas cette nuit-là. Elle tomba assise sur son lit, n'ayant plus même la force de

pleurer, tant elle était anéantie. Elle restait inerte, ne sentant plus son corps, et l'esprit dispersé, comme si quelqu'un l'eût déchiquetée avec un de ces instruments dont se servent les cardeurs pour effiloquer la laine des matelas.

Par instants seulement elle parvenait à rassembler comme des bribes de réflexions, et elle s'épouvantait à la pensée de ce qui pouvait advenir.

Ses terreurs grandirent, et chaque fois que dans le silence assoupi de la maison la grosse horloge de la cuisine battait lentement les heures, il lui venait des sueurs d'angoisse. Sa tête se perdait, les cauchemars se succédaient, sa chandelle s'éteignit ; alors commença le délire, ce délire fuyant des gens de la campagne qui se croient frappés par un sort, un besoin fou de partir, de s'échapper, de courir devant le malheur comme un vaisseau devant la tempête.

Une chouette glapit ; elle tressaillit, se dressa, passa ses mains sur sa face, dans ses cheveux, se tâta le corps comme une folle ; puis, avec des allures de somnambule, elle descendit. Quand elle fut dans la cour, elle rampa pour n'être point vue par quelque goujat rôdeur, car la lune, près de disparaître, jetait une lueur claire dans les champs. Au lieu d'ouvrir la barrière, elle escalada le talus ; puis, quand elle fut en face de la campagne, elle partit. Elle filait droit devant elle, d'un trot élastique et précipité, et, de temps en temps, inconsciemment, elle jetait un cri perçant. Son ombre démesurée, couchée sur le sol à son côté, filait avec elle, et parfois un oiseau de nuit venait tournoyer sur sa tête. Les chiens dans les cours de fermes aboyaient en l'entendant passer ; l'un d'eux sauta le fossé et la poursuivit pour la mordre ; mais elle se retourna sur lui en hurlant de telle façon que l'animal épouvanté s'enfuit, se blottit dans sa loge et se tut.

Parfois une jeune famille de lièvres folâtrait dans un champ ; mais, quand approchait l'enragée coureuse, pareille à une Diane en délire, les bêtes craintives se débandaient ; les petits et la mère disparaissaient blottis dans un sillon, tandis que le père déboulait à toutes pattes et, parfois, faisait passer son ombre bondissante, avec ses grandes oreilles dressées, sur la lune à son coucher, qui plongeait maintenant au bout du monde et éclairait la plaine de sa lumière oblique, comme une énorme lanterne posée par terre à l'horizon.

Les étoiles s'effacèrent dans les profondeurs du ciel, quelques oiseaux pépiaient ; le jour naissait. La fille, exténuée, haletait ; et quand le soleil perça l'aurore empourprée, elle s'arrêta.

Ses pieds enflés se refusaient à marcher ; mais elle aperçut une mare, une grande mare dont l'eau stagnante semblait du sang, sous les reflets rouges du jour nouveau, et elle alla, à petits pas, boitant, la main sur son cœur, tremper ses deux jambes dedans.

Elle s'assit sur une touffe d'herbe, ôta ses gros souliers pleins de poussière, défit ses bas, et enfonça ses mollets bleus dans l'onde immobile où venaient parfois crever des bulles d'air.

Une fraîcheur délicieuse lui monta des talons jusqu'à la gorge ; et, tout à coup, pendant qu'elle regardait fixement cette mare profonde, un vertige la saisit, un désir furieux d'y plonger tout entière. Ce serait fini de souffrir là-dedans, fini pour toujours. Elle ne pensait plus à son enfant ; elle voulait la paix, le repos complet, dormir sans fin. Alors elle se dressa, les bras levés, et fit deux pas en avant. Elle enfonçait maintenant jusqu'aux cuisses, et déjà elle se précipitait, quand des piqûres ardentes aux chevilles la firent sauter en arrière, et elle poussa un cri désespéré, car depuis ses genoux jusqu'au bout de ses pieds de longues sangsues noires buvaient sa vie, se gonflaient, collées à sa chair. Elle n'osait point y toucher et hurlait d'horreur. Ses clameurs désespérées attirèrent un paysan qui passait au loin avec sa voiture. Il arracha les sangsues une à une, comprima les plaies avec des herbes et ramena la fille dans sa carriole jusqu'à la ferme de son maître.

Elle fut pendant quinze jours au lit, puis, le matin où elle se releva, comme elle était assise devant la porte, le fermier vint soudain se planter devant elle.

« Eh bien, dit-il, c'est une affaire entendue, n'est-ce pas ? »

Elle ne répondit point d'abord, puis, comme il restait debout, la perçant de son regard obstiné, elle articula péniblement :

« Non, not' maître, je ne peux pas. »

Mais il s'emporta tout à coup.

« Tu ne peux pas, la fille, tu ne peux pas, pourquoi ça ? »

Elle se remit à pleurer et répéta :

« Je ne peux pas. »

Il la dévisageait, et il lui cria dans la face :

« C'est donc que tu as un amoureux ? »

Elle balbutia, tremblant de honte :

« Peut-être bien que c'est ça. »

L'homme, rouge comme un coquelicot, bredouillait de colère :

« Ah ! tu l'avoues donc, gueuse ! Et qu'est-ce que c'est, ce merle-là ? Un va-nu-pieds, un sans-le-sou, un couche-dehors, un crève-la-faim ? Qu'est-ce que c'est, dis ? »

Et, comme elle ne répondait rien :

« Ah ! tu ne veux pas... Je vas te le dire, moi : c'est Jean Baudu ? »

Elle s'écria :

« Oh ! non, pas lui.

— Alors c'est Pierre Martin ?

— Oh ! non, not' maître. »

Et il nommait éperdument tous les garçons du pays, pendant qu'elle niait, accablée, et s'essuyant les yeux à tout moment du coin de son tablier bleu. Mais lui cherchait toujours avec son obstination de brute, grattant à ce cœur pour connaître son secret, comme un chien de chasse qui fouille un terrier tout un jour pour avoir la bête qu'il sent au fond. Tout à coup l'homme s'écria :

« Eh ! pardine, c'est Jacques, le valet de l'autre année ; on disait bien qu'il te parlait et que vous vous étiez promis mariage. »

Rose suffoqua ; un flot de sang empourpra sa face ; ses larmes tarirent tout à coup ; elles se séchèrent sur ses joues comme des gouttes d'eau sur du fer rouge. Elle s'écria :

« Non, ce n'est pas lui, ce n'est pas lui !

— Est-ce bien sûr, ça ? » demanda le paysan malin qui flairait un bout de vérité.

Elle répondit précipitamment :

« Je vous le jure, je vous le jure... »

Elle cherchait sur quoi jurer, n'osant point invoquer les choses sacrées. Il l'interrompit :

« Il te suivait pourtant dans les coins et il te mangeait des yeux pendant tous les repas. Lui as-tu promis ta foi, hein, dis ? »

Cette fois, elle regarda son maître en face.

« Non, jamais, jamais, et je vous jure par le Bon Dieu que s'il venait aujourd'hui me demander, je ne voudrais pas de lui. »

Elle avait l'air tellement sincère que le fermier hésita. Il reprit, comme se parlant à lui-même :

« Alors, quoi ? Il ne t'est pourtant pas arrivé un malheur, on le saurait. Et puisqu'il n'y a pas eu de conséquence, une fille ne refuserait pas son maître à cause de ça. Il faut pourtant qu'il y ait quelque chose. »

Elle ne répondait plus rien, étranglée par une angoisse.

Il demanda encore : « Tu ne veux point ? »

Elle soupira : « Je n' peux pas, not' maître. » Et il tourna les talons.

Elle se crut débarrassée et passa le reste du jour à peu près tranquille, mais aussi rompue et exténuée que si, à la place du vieux cheval blanc, on lui eût fait tourner depuis l'aurore la machine à battre le grain.

Elle se coucha sitôt qu'elle le put et s'endormit tout d'un coup.

Vers le milieu de la nuit, deux mains qui palpaient son lit la réveillèrent. Elle tressauta de frayeur, mais elle reconnut aussitôt la voix du fermier qui lui disait : « N'aie pas peur, Rose, c'est moi qui viens pour te parler. » Elle fut d'abord étonnée ; puis, comme il essayait de pénétrer sous ses draps, elle comprit ce qu'il cherchait et se mit à trembler très fort, se sentant seule dans l'obscurité, encore lourde de sommeil, et toute nue, et dans un lit, auprès de cet homme qui la voulait. Elle ne consentait pas, pour sûr, mais elle résistait nonchalamment, luttant elle-même contre l'instinct toujours plus puissant chez les natures simples, et mal protégée par la volonté indécise de ces races inertes et molles. Elle tournait sa tête, tantôt vers le mur, tantôt vers la chambre, pour éviter les caresses dont la bouche du fermier poursuivait la sienne, et son corps se tordait un peu sous sa couverture, énervé par la fatigue de la lutte. Lui, devenait brutal, grisé par le désir. Il la découvrit d'un mouvement brusque. Alors elle sentit bien qu'elle ne pouvait plus résister. Obéissant à une pudeur d'autruche, elle cacha sa figure dans ses mains et cessa de se défendre.

Le fermier resta la nuit auprès d'elle. Il y revint le soir suivant, puis tous les jours.

Ils vécurent ensemble.

Un matin, il lui dit : « J'ai fait publier les bans, nous nous marierons le mois prochain. »

Elle ne répondit pas. Que pouvait-elle dire ? Elle ne résista point. Que pouvait-elle faire ?

IV

ELLE l'épousa. Elle se sentait enfoncée dans un trou aux bords inaccessibles, dont elle ne pourrait jamais sortir, et toutes sortes de malheurs restaient suspendus sur sa tête comme des gros rochers qui tomberaient à la première occasion. Son mari lui faisait l'effet d'un homme qu'elle avait volé et qui s'en apercevrait un jour ou l'autre. Et puis elle pensait à son petit d'où venait tout son malheur, mais d'où venait aussi tout son bonheur sur la terre.

Elle allait le voir deux fois l'an et revenait plus triste chaque fois.

Cependant, avec l'habitude, ses appréhensions se calmèrent, son cœur s'apaisa, et elle vivait plus confiante avec une vague crainte flottant encore en son âme.

Des années passèrent ; l'enfant gagnait six ans. Elle était maintenant presque heureuse, quand tout à coup l'humeur du fermier s'assombrit.

Depuis deux ou trois années déjà il semblait nourrir une inquiétude, porter en lui un souci, quelque mal de l'esprit grandissant peu à peu. Il restait longtemps à table après son dîner, la tête enfoncée dans ses mains, et triste, triste, rongé par le chagrin. Sa parole devenait plus vive, brutale parfois ; et il semblait même qu'il avait une arrière-pensée contre sa femme, car il lui répondait par moments avec dureté, presque avec colère.

Un jour que le gamin d'une voisine était venu chercher des œufs, comme elle le rudoyait un peu, pressée par la besogne, son mari apparut tout à coup et lui dit de sa voix méchante :

« Si c'était le tien, tu ne le traiterais pas comme ça. »

Elle demeura saisie, sans pouvoir répondre, puis elle rentra, avec toutes ses angoisses réveillées.

Au dîner, le fermier ne lui parla pas, ne la regarda pas, et il semblait la détester, la mépriser, savoir quelque chose enfin.

Perdant la tête, elle n'osa point rester seule avec lui après le repas ; elle se sauva et courut jusqu'à l'église.

La nuit tombait ; l'étroite nef était toute sombre, mais un pas rôdait dans le silence là-bas, vers le chœur, car le sacristain préparait pour la nuit la lampe du tabernacle. Ce point de feu tremblotant, noyé dans les ténèbres de la voûte, apparut à Rose comme une dernière espérance, et les yeux fixés sur lui, elle s'abattit à genoux.

La mince veilleuse remonta dans l'air avec un bruit de chaîne. Bientôt retentit sur le pavé un saut régulier de sabots que suivait un frôlement de corde traînant, et la maigre cloche jeta l'*Angelus* du soir à travers les brumes grandissantes. Comme l'homme allait sortir, elle le joignit.

« Monsieur le curé est-il chez lui ? » dit-elle.

Il répondit :

« Je crois bien, il dîne toujours à l'*Angelus.* »

Alors elle poussa en tremblant la barrière du presbytère.

Le prêtre se mettait à table. Il la fit asseoir aussitôt.

« Oui, oui, je sais, votre mari m'a déjà parlé de ce qui vous amène. »

La pauvre femme défaillait. L'ecclésiastique reprit :

« Que voulez-vous, mon enfant ? »

Et il avalait rapidement des cuillerées de soupe dont les gouttes tombaient sur sa soutane rebondie et crasseuse au ventre.

Rose n'osait plus parler, ni implorer, ni supplier ; elle se leva ; le curé lui dit :

« Du courage... »

Et elle sortit.

Elle revint à la ferme sans savoir ce qu'elle faisait. Le maître l'attendait, les gens de peine étant partis en son absence. Alors elle tomba lourdement à ses pieds et elle gémit en versant des flots de larmes.

« Qu'est-ce que t'as contre moi ? »

Il se mit à crier, jurant :

« J'ai que je n'ai pas d'éfants, nom de dieu ! Quand on prend une femme, c'n'est pas pour rester tout seuls tous les deux jusqu'à la fin. V'là c'que j'ai. Quand une vache n'a point de viaux, c'est qu'elle ne vaut rien. Quand une femme n'a point d'éfant, c'est aussi qu'elle ne vaut rien. »

Elle pleurait, balbutiant, répétant :

« C'n'est point d'ma faute ! c'n'est point d'ma faute ! »

Alors il s'adoucit un peu et il ajouta :

« J'te dis pas, mais c'est contrariant tout de même. »

V

DE ce jour elle n'eut plus qu'une pensée : avoir un enfant, un autre ; et elle confia son désir à tout le monde.

Une voisine lui indiqua un moyen : c'était de donner à boire à son mari tous les soirs, un verre d'eau avec une pincée de cendres. Le fermier s'y prêta, mais le moyen ne réussit pas.

Ils se dirent : « Peut-être qu'il y a des secrets. » Et ils allèrent aux renseignements. On leur désigna un berger qui demeurait à dix lieues de là ; et maître Vallin ayant attelé son tilbury partit un jour pour le consulter. Le berger lui remit un pain sur lequel il fit des signes, un pain pétri avec des herbes et dont il fallait que tous deux mangeassent un morceau, la nuit, avant comme après leurs caresses.

Le pain tout entier fut consommé sans obtenir de résultat.

Un instituteur leur dévoila des mystères, des procédés d'amour inconnus aux champs, et infaillibles, disait-il. Ils ratèrent.

Le curé conseilla un pèlerinage au précieux Sang de Fécamp. Rose alla avec la foule se prosterner devant l'abbaye, et, mêlant son vœu aux souhaits grossiers qu'exhalaient tous ces cœurs de paysans, elle supplia Celui que tous imploraient de la rendre encore une fois féconde. Ce fut vain. Alors elle s'imagina être punie de sa première faute et une immense douleur l'envahit.

Elle dépérissait de chagrin ; son mari aussi vieillissait, « se mangeait les sangs », disait-on, se consumait en espoirs inutiles.

Alors la guerre éclata entre eux. Il l'injuria, la battit. Tout le jour il la querellait, et le soir dans leur lit, haletant, haineux, il lui jetait à la face des outrages et des ordures.

Une nuit enfin, ne sachant plus qu'inventer pour la faire souffrir davantage, il lui ordonna de se lever et d'aller attendre le jour sous la pluie devant la porte. Comme elle n'obéissait pas, il la saisit par le cou et se mit à la frapper au visage à coups de poing. Elle ne dit rien, ne remua pas. Exaspéré, il sauta à genoux sur son ventre ; et, les dents serrées, fou de rage, il l'assommait. Alors elle eut un instant de révolte désespérée, et, d'un geste furieux le rejetant contre le mur, elle se dressa sur son séant, puis, la voix changée, sifflante :

« J'en ai un éfant, moi, j'en ai un ! je l'ai eu avec Jacques ; tu sais bien, Jacques. Il devait m'épouser : il est parti. »

L'homme, stupéfait, restait là, aussi éperdu qu'elle-même ; il bredouillait :

« Qué que tu dis ? qué que tu dis ? »

Alors elle se mit à sangloter, et à travers ses larmes ruisselantes elle balbutia :

« C'est pour ça que je ne voulais pas t'épouser, c'est pour ça. Je ne pouvais point te le dire, tu m'aurais mise sans pain avec mon petit. Tu n'en as pas, toi, d'éfant ; tu ne sais pas, tu ne sais pas ! »

Il répétait machinalement, dans une surprise grandissante :

« T'as un éfant ? t'as un éfant ? »

Elle prononça au milieu des hoquets :

« Tu m'as prise de force ; tu le sais bien peut-être ? moi je ne voulais point t'épouser. »

Alors il se leva, alluma la chandelle, et se mit à marcher dans la chambre, les bras derrière le dos. Elle pleurait toujours, écroulée sur le lit. Tout à coup il s'arrêta devant elle : « C'est de ma faute alors si je t'en ai pas fait ? » dit-il. Elle ne répondit pas.

Il se remit à marcher ; puis, s'arrêtant de nouveau, il demanda :

« Quel âge qu'il a ton petiot ? »

Elle murmura :

« V'là qu'il va avoir six ans. »

Il demanda encore :

« Pourquoi que tu ne me l'as pas dit ? »

Elle gémit :

« Est-ce que je pouvais ! »

Il restait debout immobile.

« Allons, lève-toi », dit-il.

Elle se redressa péniblement ; puis, quand elle se fut mise sur ses pieds, appuyée au mur, il se prit à rire soudain de son gros rire des bons jours ; et comme elle demeurait bouleversée, il ajouta :

« Eh bien, on ira le chercher, c't'éfant, puisque nous n'en avons pas ensemble. »

Elle eut un tel effarement que si la force ne lui eût pas manqué, elle se serait assurément enfuie. Mais le fermier se frottait les mains et murmurait :

« Je voulais en adopter un, le v'là trouvé, le v'là trouvé. J'avais demandé au curé un orphelin. »

Puis, riant toujours, il embrassa sur les deux joues sa femme éplorée et stupide, et il cria, comme si elle ne l'entendait pas :

« Allons la mère, allons voir s'il y a encore de la soupe ; moi j'en mangerai bien une potée. »

Elle passa sa jupe ; ils descendirent ; et pendant qu'à genoux elle rallumait le feu sous la marmite, lui, radieux, continuait à marcher à grands pas dans la cuisine en répétant :

« Eh bien, vrai, ça me fait plaisir ; c'est pas pour dire, mais je suis content, je suis bien content. »

EN FAMILLE

Le tramway de Neuilly venait de passer la porte Maillot et il filait maintenant tout le long de la grande avenue qui aboutit à la Seine. La petite machine, attelée à son wagon, cornait pour écarter les obstacles, crachait sa vapeur, haletait comme une personne essoufflée qui court ; et ses pistons faisaient un bruit précipité de jambes de fer en mouvement. La lourde chaleur d'une fin de journée d'été tombait sur la route d'où s'élevait, bien qu'aucune brise ne soufflât, une poussière blanche, crayeuse, opaque, suffocante et chaude, qui se collait sur la peau moite, emplissait les yeux, entrait dans les poumons.

Des gens venaient sur leurs portes, cherchant de l'air.

Les glaces de la voiture étaient baissées, et tous les rideaux flottaient agités par la course rapide. Quelques personnes seulement occupaient l'intérieur (car on préférait, par ces jours chauds, l'impériale ou les plates-formes). C'étaient de grosses dames aux toilettes farces, de ces bourgeoises de banlieue qui remplacent la distinction dont elles manquent par une dignité intempestive ; des mes-

sieurs las du bureau, la figure jaunie, la taille
tournée, une épaule un peu remontée par les longs
travaux courbés sur les tables. Leurs faces inquiè-
tes et tristes disaient encore les soucis domesti-
ques, les incessants besoins d'argent, les anciennes
espérances définitivement déçues ; car tous appar-
tenaient à cette armée de pauvres diables râpés qui
végètent économiquement dans une chétive maison
de plâtre, avec une plate-bande pour jardin, au
milieu de cette campagne à dépotoirs qui borde
Paris.

Tout près de la portière, un homme petit et gros,
la figure bouffie, le ventre tombant entre ses jambes ouvertes, tout habillé de noir et décoré, causait
avec un grand maigre d'aspect débraillé, vêtu de
coutil blanc très sale et coiffé d'un vieux panama.
Le premier parlait lentement, avec des hésitations
qui le faisaient parfois paraître bègue ; c'était
M. Caravan, commis principal au ministère de la
Marine. L'autre, ancien officier de santé à bord
d'un bâtiment de commerce, avait fini par s'établir
au rond-point de Courbevoie où il appliquait sur la
misérable population de ce lieu les vagues connais-
sances médicales qui lui restaient après une vie
aventureuse. Il se nommait Chenet et se faisait
appeler docteur. Des rumeurs couraient sur sa
moralité.

M. Caravan avait toujours mené l'existence nor-
male des bureaucrates. Depuis trente ans, il venait
invariablement à son bureau, chaque matin, par la
même route, rencontrant à la même heure, aux
mêmes endroits, les mêmes figures d'hommes
allant à leurs affaires ; et il s'en retournait, chaque
soir, par le même chemin où il retrouvait encore
les mêmes visages qu'il avait vus vieillir.

Tous les jours, après avoir acheté sa feuille d'un
sou à l'encoignure du faubourg Saint-Honoré, il

allait chercher ses deux petits pains, puis il entrait au ministère à la façon d'un coupable qui se constitue prisonnier ; et il gagnait son bureau vivement, le cœur plein d'inquiétude, dans l'attente éternelle d'une réprimande pour quelque négligence qu'il aurait pu commettre.

Rien n'était jamais venu modifier l'ordre monotone de son existence ; car aucun événement ne le touchait en dehors des affaires du bureau, des avancements et des gratifications. Soit qu'il fût au ministère, soit qu'il fût dans sa famille (car il avait épousé, sans dot, la fille d'un collègue), il ne parlait jamais que du service. Jamais son esprit atrophié par la besogne abêtissante et quotidienne n'avait plus d'autres pensées, d'autres espoirs, d'autres rêves, que ceux relatifs à son ministère. Mais une amertume gâtait toujours ses satisfactions d'employé : l'accès des commissaires de marine, des ferblantiers, comme on disait à cause de leurs galons d'argent, aux emplois de sous-chef et de chef ; et chaque soir, en dînant, il argumentait fortement devant sa femme, qui partageait ses haines, pour prouver qu'il est inique à tous égards de donner des places à Paris aux gens destinés à la navigation.

Il était vieux, maintenant, n'ayant point senti passer sa vie, car le collège, sans transition, avait été continué par le bureau, et les pions, devant qui il tremblait autrefois, étaient aujourd'hui remplacés par les chefs, qu'il redoutait effroyablement. Le seuil de ces despotes en chambre le faisait frémir des pieds à la tête ; et de cette continuelle épouvante il gardait une manière gauche de se présenter, une attitude humble et une sorte de bégaiement nerveux.

Il ne connaissait pas plus Paris que ne le peut connaître un aveugle conduit par son chien, chaque jour, sous la même porte ; et s'il lisait dans son journal d'un sou les événements et les scandales, il les percevait comme des contes fantaisistes inventés à plaisir pour distraire les petits employés. Homme d'ordre, réactionnaire sans parti déterminé, mais ennemi des « nouveautés », il passait les faits politiques, que sa feuille, du reste, défigurait toujours pour les besoins payés d'une cause ; et quand il remontait tous les soirs l'avenue des Champs-Élysées, il considérait la foule houleuse des promeneurs et le flot roulant des équipages à la façon d'un voyageur dépaysé qui traverserait des contrées lointaines.

Ayant complété, cette année même, ses trente années de service obligatoire, on lui avait remis, au 1er janvier, la croix de la Légion d'honneur, qui récompense, dans ces administrations militarisées, la longue et misérable servitude — (on dit : *loyaux services*) — de ces tristes forçats rivés au carton vert. Cette dignité inattendue, lui donnant de sa capacité une idée haute et nouvelle, avait en tout changé ses mœurs. Il avait dès lors supprimé les pantalons de couleur et les vestons de fantaisie, porté des culottes noires et de longues redingotes où son *ruban*, très large, faisait mieux ; et, rasé tous les matins, écurant ses ongles avec plus de soin, changeant de linge tous les deux jours par un légitime sentiment de convenances et de respect pour l'*Ordre* national dont il faisait partie, il était devenu, du jour au lendemain, un autre Caravan, rincé, majestueux et condescendant.

Chez lui, il disait « ma croix » à tout propos. Un tel orgueil lui était venu, qu'il ne pouvait plus même souffrir à la boutonnière des autres aucun ruban d'aucune sorte. Il s'exaspérait surtout à la vue des ordres étrangers — « qu'on ne devrait pas laisser porter en France » ; et il en voulait particulièrement au docteur Chenet qu'il retrouvait tous les soirs au tramway, orné d'une décoration quelconque, blanche, bleue, orange ou verte.

La conversation des deux hommes, depuis l'Arc de Triomphe jusqu'à Neuilly, était, du reste, toujours la même ; et, ce jour-là comme les précédents, ils s'occupèrent d'abord de différents abus locaux qui les choquaient l'un et l'autre, le maire de Neuilly en prenant à son aise. Puis, comme il arrive infailliblement en compagnie d'un médecin, Caravan aborda le chapitre des maladies, espérant de cette façon glaner quelques petits conseils gratuits, ou même une consultation, en s'y prenant bien, sans laisser voir la ficelle. Sa mère, du reste, l'inquiétait depuis quelque temps. Elle avait des syncopes fréquentes et prolongées ; et, bien que vieille de quatre-vingt-dix ans, elle ne consentait point à se soigner.

Son grand âge attendrissait Caravan, qui répétait sans cesse au *docteur* Chenet : « En voyez-vous souvent arriver là ? » Et il se frottait les mains avec bonheur, non qu'il tînt peut-être beaucoup à voir la bonne femme s'éterniser sur terre, mais parce que la longue durée de la vie maternelle était comme une promesse pour lui-même.

Il continua : « Oh ! dans ma famille, on va loin ; ainsi, moi, je suis sûr qu'à moins d'accident je mourrai très vieux. » L'officier de santé jeta sur lui un regard de pitié ; il considéra une seconde la figure rougeaude de son voisin, son cou graisseux, son bedon tombant entre deux jambes flasques et grasses, toute sa rondeur apoplectique de vieil employé ramolli ; et, relevant d'un coup de main le panama grisâtre qui lui couvrait le chef, il répondit en ricanant : « Pas si sûr que ça, mon bon, votre mère est une astèque et vous n'êtes qu'un pleinde-soupe. » Caravan, troublé, se tut.

Mais le tramway arrivait à la station. Les deux compagnons descendirent, et M. Chenet offrit le vermouth au café du Globe, en face, où l'un et l'autre avaient leurs habitudes. Le patron, un ami, leur allongea deux doigts qu'ils serrèrent par-dessus les bouteilles du comptoir ; et ils allèrent rejoindre trois amateurs de dominos, attablés là depuis midi. Des paroles cordiales furent échangées, avec le « Quoi de neuf ? » inévitable. Ensuite les joueurs se remirent à leur partie ; puis on leur souhaita le bonsoir. Ils tendirent leurs mains sans lever la tête ; et chacun rentra dîner.

Caravan habitait, auprès du rond-point de Courbevoie, une petite maison à deux étages dont le rez-de-chaussée était occupé par un coiffeur.

Deux chambres, une salle à manger et une cuisine où des sièges recollés erraient de pièce en pièce selon les besoins, formaient tout l'appartement que Mme Caravan passait son temps à nettoyer, tandis que sa fille Marie-Louise, âgée de douze ans, et son fils Philippe-Auguste, âgé de neuf, galopinaient dans les ruisseaux de l'avenue, avec tous les polissons du quartier.

Au-dessus de lui, Caravan avait installé sa mère, dont l'avarice était célèbre aux environs et dont la maigreur faisait dire que le *Bon Dieu* avait appliqué sur elle-même ses propres principes de parcimonie. Toujours de mauvaise humeur, elle ne passait point un jour sans querelles et sans colères furieuses. Elle apostrophait de sa fenêtre les voisins sur leurs portes, les marchandes des quatre-saisons, les balayeurs et les gamins qui, pour se venger, la suivaient de loin, quand elle sortait, en criant : « A la chie-en-lit ! »

Une petite bonne normande, incroyablement étourdie, faisait le ménage et couchait au second près de la vieille, dans la crainte d'un accident.

Lorsque Caravan rentra chez lui, sa femme, atteinte d'une maladie chronique de nettoyage, faisait reluire avec un morceau de flanelle l'acajou des chaises éparses dans la solitude des pièces. Elle portait toujours des gants de fil, ornait sa tête d'un bonnet à rubans multicolores sans cesse chaviré sur une oreille, et répétait, chaque fois qu'on la surprenait cirant, brossant, astiquant ou lessivant : « Je ne suis pas riche, chez moi tout est simple, mais la propreté c'est mon luxe, et celui-ci en vaut bien un autre. »

Douée d'un sens pratique opiniâtre, elle était en tout le guide de son mari. Chaque soir, à table, et puis dans leur lit, ils causaient longuement des affaires du bureau, et, bien qu'elle eût vingt ans de moins que lui, il se confiait à elle comme à un directeur de conscience, et suivait en tout ses conseils.

Elle n'avait jamais été jolie ; elle était laide maintenant, de petite taille et maigrelette. L'inhabileté de sa vêture avait toujours fait disparaître ses faibles attributs féminins qui auraient dû saillir avec art sous un habillage bien entendu. Ses jupes semblaient sans cesse tournées d'un côté ; et elle se grattait souvent, n'importe où, avec indifférence du public, par une sorte de manie qui touchait au tic. Le seul ornement qu'elle se permît consistait en une profusion de rubans de soie entremêlés sur les bonnets prétentieux qu'elle avait coutume de porter chez elle.

Aussitôt qu'elle aperçut son mari, elle se leva, et, l'embrassant sur ses favoris : « As-tu pensé à Potin, mon ami ? » (C'était pour une commission qu'il avait promis de faire.) Mais il tomba atterré sur un siège ; il venait encore d'oublier pour la quatrième fois : « C'est une fatalité, disait-il, c'est une fatalité ; j'ai beau y penser toute la journée, quand le soir vient, j'oublie toujours. » Mais comme il semblait désolé, elle le consola : « Tu y songeras demain, voilà tout. Rien de neuf au ministère ?

— Si, une grande nouvelle : encore un ferblantier nommé sous-chef. »

Elle devint très sérieuse :

« A quel bureau ?

— Au bureau des achats extérieurs. »

Elle se fâchait :

« A la place de Ramon alors, juste celle que je voulais pour toi ; et lui, Ramon ? à la retraite ? »

Il balbutia : « A la retraite. » Elle devint rageuse, le bonnet partit sur l'épaule :

« C'est fini, vois-tu, cette boîte-là, rien à faire là-dedans maintenant. Et comment s'appelle-t-il, ton commissaire ?

— Bonassot. »

Elle prit l'Annuaire de la marine, qu'elle avait toujours sous la main, et chercha : « Bonassot. — Toulon. — Né en 1851. — Élève-commissaire en 1871, sous-commissaire en 1875. »

« A-t-il navigué, celui-là ? »

A cette question, Caravan se rasséréna. Une gaieté lui vint qui secouait son ventre : « Comme Balin, juste comme Balin, son chef. » Et il ajouta, dans un rire plus fort, une vieille plaisanterie que tout le ministère trouvait délicieuse : « Il ne faudrait pas les envoyer par eau inspecter la station navale du Point-du-Jour, ils seraient malades sur les bateaux-mouches. »

Mais elle restait grave comme si elle n'avait pas entendu, puis elle murmura en se grattant lentement le menton : « Si seulement on avait un député dans sa manche ? Quand la Chambre saura tout ce qui se passe là-dedans, le ministre sautera du coup... »

Des cris éclatèrent dans l'escalier, coupant sa phrase. Marie-Louise et Philippe-Auguste, qui revenaient du ruisseau, se flanquaient, de marche en marche, des gifles et des coups de pied. Leur mère s'élança, furieuse, et, les prenant chacun par un bras, elle les jeta dans l'appartement en les secouant avec vigueur.

Sitôt qu'ils aperçurent leur père, ils se précipitèrent sur lui, et il les embrassa tendrement, longtemps ; puis, s'asseyant, les prit sur ses genoux et fit la causette avec eux.

Philippe-Auguste était un vilain mioche, dépeigné, sale des pieds à la tête, avec une figure de crétin. Marie-Louise ressemblait à sa mère déjà, parlait comme elle, répétant ses paroles, l'imitant même en ses gestes. Elle dit aussi : « Quoi de neuf au ministère ? » Il lui répondit gaiement : « Ton ami Ramon, qui vient dîner ici tous les mois, va nous quitter, fifille. Il y a un nouveau sous-chef à sa place. » Elle leva les yeux sur son père, et, avec une commisération d'enfant précoce : « Encore un qui t'a passé sur le dos, alors. »

Il finit de rire et ne répondit pas ; puis, pour faire diversion, s'adressant à sa femme qui nettoyait maintenant les vitres :

« La maman va bien, là-haut ? »

Mme Caravan cessa de frotter, se retourna, redressa son bonnet tout à fait parti dans le dos, et, la lèvre tremblante : « Ah ! oui, parlons-en de ta mère ! Elle m'en a fait une jolie ! Figure-toi que tantôt Mme Lebaudin, la femme du coiffeur, est montée pour m'emprunter un paquet d'amidon, et comme j'étais sortie, ta mère l'a chassée en la traitant de « mendiante ». Aussi je l'ai arrangée, la vieille. Elle a fait semblant de ne pas entendre comme toujours quand on lui dit ses vérités, mais elle n'est pas plus sourde que moi, vois-tu ; c'est de la frime, tout ça ; et la preuve, c'est qu'elle est remontée dans sa chambre, aussitôt, sans dire un mot. »

Caravan, confus, se taisait, quand la petite bonne se précipita pour annoncer le dîner. Alors, afin de prévenir sa mère, il prit un manche à balai toujours caché dans un coin et frappa trois coups au plafond. Puis on passa dans la salle, et Mme Caravan la jeune servit le potage, en attendant la vieille. Elle ne venait pas, et la soupe refroidissait. Alors on se mit à manger tout doucement ; puis, quand les assiettes furent vides, on attendit encore. Mme Caravan, furieuse, s'en prenait à son mari : « Elle le fait exprès, sais-tu. Aussi tu la soutiens toujours. » Lui, fort perplexe, pris entre les deux, envoya Marie-Louise chercher grand-maman, et il demeura immobile, les yeux baissés, tandis que sa femme tapait rageusement le pied de son verre avec le bout de son couteau.

Soudain la porte s'ouvrit, et l'enfant seule réapparut tout essoufflée et fort pâle ; elle dit très vite : « Grand-maman est tombée par terre. »

Caravan, d'un bond, fut debout, et, jetant sa serviette sur la table, il s'élança dans l'escalier, où son pas lourd et précipité retentit, pendant que sa femme, croyant à une ruse méchante de sa belle-mère, s'en venait plus doucement en haussant avec mépris les épaules.

La vieille gisait tout de son long sur la face au milieu de la chambre, et, lorsque son fils l'eut retournée, elle apparut, immobile et sèche, avec sa peau jaunie, plissée, tannée, ses yeux clos, ses dents serrées, et tout son corps maigre raidi.

Caravan, à genoux près d'elle, gémissait : « Ma pauvre mère, ma pauvre mère ! » Mais l'autre Mme Caravan, après l'avoir considérée un instant, déclara : « Bah ! elle a encore une syncope, voilà tout ; c'est pour nous empêcher de dîner, sois-en sûr. »

On porta le corps sur le lit, on le déshabilla complètement ; et tous, Caravan, sa femme, la bonne, se mirent à le frictionner. Malgré leurs efforts, elle ne reprit pas connaissance. Alors on envoya Rosalie chercher le *docteur* Chenet. Il habitait sur le quai, vers Suresnes. C'était loin, l'attente fut longue. Enfin il arriva, et, après avoir considéré, palpé, ausculté la vieille femme, il prononça : « C'est la fin. »

Caravan s'abattit sur le corps, secoué par des sanglots précipités ; et il baisait convulsivement la figure rigide de sa mère en pleurant avec tant d'abondance que de grosses larmes tombaient comme des gouttes d'eau sur le visage de la morte.

Mme Caravan la jeune eut une crise convenable de chagrin, et, debout derrière son mari, elle poussait de faibles gémissements en se frottant les yeux avec obstination.

Caravan, la face bouffie, ses maigres cheveux en désordre, très laid dans sa douleur vraie, se redressa soudain : « Mais... êtes-vous sûr, docteur... êtes-vous bien sûr ?... » L'officier de santé s'approcha rapidement, et maniant le cadavre avec une dextérité professionnelle, comme un négociant qui ferait valoir sa marchandise : « Tenez, mon bon, regardez l'œil. » Il releva la paupière, et le regard de la vieille femme réapparut sous son doigt, nullement changé, avec la pupille un peu plus large peut-être. Caravan reçut un coup dans le cœur, et une épouvante lui traversa les os. M. Chenet prit le bras crispé, força les doigts pour les ouvrir, et, l'air furieux comme en face d'un contradicteur : « Mais regardez-moi cette main, je ne m'y trompe jamais, soyez tranquille. »

Caravan retomba vautré sur le lit, beuglant presque ; tandis que sa femme, pleurnichant toujours, faisait les choses nécessaires. Elle approcha la table de nuit sur laquelle elle étendit une serviette, posa dessus quatre bougies qu'elle alluma, prit un rameau de buis accroché derrière la glace de la cheminée et le posa entre les bougies dans une assiette qu'elle emplit d'eau claire, n'ayant point d'eau bénite. Mais, après une réflexion rapide, elle jeta dans cette eau une pincée de sel, s'imaginant sans doute exécuter là une sorte de consécration.

Lorsqu'elle eut terminé la figuration qui doit accompagner la Mort, elle resta debout, immobile. Alors l'officier de santé, qui l'avait aidée à disposer les objets, lui dit tout bas : « Il faut emmener Caravan. » Elle fit un signe d'assentiment, et s'approchant de son mari qui sanglotait, toujours à genoux, elle le souleva par un bras, pendant que M. Chenet le prenait par l'autre.

On l'assit d'abord sur une chaise, et sa femme, le baisant au front, le sermonna. L'officier de santé appuyait ses raisonnements, conseillant la fermeté, le courage, la résignation, tout ce qu'on ne peut garder dans ces malheurs foudroyants. Puis tous deux le prirent de nouveau sous les bras et l'emmenèrent.

Il larmoyait comme un gros enfant, avec des hoquets convulsifs, avachi, les bras pendants, les jambes molles ; et il descendit l'escalier sans savoir ce qu'il faisait, remuant les pieds machinalement.

On le déposa dans un fauteuil qu'il occupait toujours à table, devant son assiette presque vide où sa cuiller encore trempait dans un reste de soupe. Et il resta là, sans un mouvement, l'œil fixé sur son verre, tellement hébété qu'il demeurait même sans pensée.

Mme Caravan, dans un coin, causait avec le

docteur, s'informait des formalités, demandait tous les renseignements pratiques. A la fin, M. Chenet, qui paraissait attendre quelque chose, prit son chapeau et, déclarant qu'il n'avait pas dîné, fit un salut pour partir. Elle s'écria :

« Comment, vous n'avez pas dîné ? Mais restez, Docteur, restez donc ! On va vous servir ce que nous avons ; car vous comprenez que nous, nous ne mangerons pas grand-chose. »

Il refusa, s'excusant ; elle insistait :

« Comment donc, mais restez. Dans des moments pareils, on est heureux d'avoir des amis près de soi ; et puis, vous déciderez peut-être mon mari à se réconforter un peu : il a tant besoin de prendre des forces. »

Le docteur s'inclina, et, déposant son chapeau sur un meuble : « En ce cas, j'accepte, madame. »

Elle donna des ordres à Rosalie affolée, puis elle-même se mit à table, « pour faire semblant de manger, disait-elle, et tenir compagnie au *docteur* ».

On reprit du potage froid. M. Chenet en redemanda. Puis apparut un plat de gras-double lyonnaise qui répandit un parfum d'oignon, et dont Mme Caravan se décida à goûter. « Il est excellent », dit le docteur. Elle sourit : « N'est-ce pas ? » Puis se tournant vers son mari : « Prends-en donc un peu, mon pauvre Alfred, seulement pour te mettre quelque chose dans l'estomac, songe que tu vas passer la nuit ! »

Il tendit son assiette docilement, comme il aurait été se mettre au lit si on le lui eût commandé, obéissant à tout sans résistance et sans réflexion. Et il mangea.

Le docteur, se servant lui-même, puisa trois fois dans le plat, tandis que Mme Caravan, de temps en temps, piquait un gros morceau au bout de sa fourchette et l'avalait avec une sorte d'inattention étudiée.

Quand parut un saladier plein de macaroni, le docteur murmura : « Bigre ! voilà une bonne chose. » Et Mme Caravan, cette fois, servit tout le monde. Elle remplit même les soucoupes où barbotaient les enfants, qui, laissés libres, buvaient du vin pur et s'attaquaient déjà, sous la table, à coups de pied.

M. Chenet rappela l'amour de Rossini pour ce mets italien ; puis tout à coup : « Tiens ! mais ça rime ; on pourrait commencer une pièce de vers.

> *Le maestro Rossini*
> *Aimait le macaroni...* »

On ne l'écoutait point. Mme Caravan, devenue soudain réfléchie, songeait à toutes les conséquences probables de l'événement ; tandis que son mari roulait des boulettes de pain qu'il déposait ensuite sur la nappe, et qu'il regardait fixement d'un air idiot. Comme une soif ardente lui dévorait la gorge, il portait sans cesse à sa bouche son verre tout rempli de vin ; et sa raison, culbutée déjà par la secousse et le chagrin, devenait flottante, lui paraissait danser dans l'étourdissement subit de la digestion commencée et pénible.

Le docteur, du reste, buvait comme un trou, se grisait visiblement ; et Mme Caravan elle-même, subissant la réaction qui suit tout ébranlement nerveux, s'agitait, troublée aussi, bien qu'elle ne prît que de l'eau, et se sentait la tête un peu brouillée.

M. Chenet s'était mis à raconter des histoires de décès qui lui paraissaient drôles. Car dans cette banlieue parisienne, remplie d'une population de province, on retrouve cette indifférence du paysan pour le mort, fût-il son père ou sa mère, cet irrespect, cette férocité inconsciente si communs dans les campagnes, et si rares à Paris. Il disait : « Tenez, la semaine dernière, rue de Puteaux, on m'appelle, j'accours ; je trouve le malade trépassé, et, auprès du lit, la famille qui finissait tranquillement une bouteille d'anisette achetée la veille pour satisfaire un caprice du moribond. »

Mais Mme Caravan n'écoutait pas, songeant toujours à l'héritage ; et Caravan, le cerveau vidé, ne comprenait rien.

On servit le café, qu'on avait fait très fort pour se soutenir le moral. Chaque tasse, arrosée de cognac, fit monter aux joues une rougeur subite, mêla les dernières idées de ces esprits vacillants déjà.

Puis le *docteur*, s'emparant soudain de la bouteille d'eau-de-vie, versa la *rincette* à tout le monde. Et, sans parler, engourdis dans la chaleur douce de la digestion, saisis malgré eux par ce bien-être animal que donne l'alcool après dîner, ils se gargarisaient lentement avec le cognac sucré qui formait un sirop jaunâtre au fond des tasses.

Les enfants s'étaient endormis et Rosalie les coucha.

Alors Caravan, obéissant machinalement au besoin de s'étourdir qui pousse tous les malheureux, reprit plusieurs fois de l'eau-de-vie ; et son œil hébété luisait.

Le *docteur* enfin se leva pour partir ; et s'emparant du bras de son ami :

« Allons, venez avec moi, dit-il ; un peu d'air vous fera du bien ; quand on a des ennuis, il ne faut pas s'immobiliser. »

L'autre obéit docilement, mit son chapeau, prit sa canne, sortit ; et tous deux, se tenant par le bras, descendirent vers la Seine sous les claires étoiles.

Des souffles embaumés flottaient dans la nuit

chaude car tous les jardins des environs étaient à cette saison pleins de fleurs, dont les parfums, endormis pendant le jour, semblaient s'éveiller à l'approche du soir et s'exhalaient, mêlés aux brises légères qui passaient dans l'ombre.

L'avenue large était déserte et silencieuse avec ses deux rangs de becs de gaz allongés jusqu'à l'Arc de Triomphe. Mais là-bas Paris bruissait dans une buée rouge. C'était une sorte de roulement continu auquel paraissait répondre parfois au loin, dans la plaine, le sifflet d'un train accourant à toute vapeur, ou bien fuyant, à travers la province, vers l'Océan.

L'air du dehors, frappant les deux hommes au visage, les surprit d'abord, ébranla l'équilibre du docteur, et accentua chez Caravan les vertiges qui l'envahissaient depuis le dîner. Il allait comme dans un songe, l'esprit engourdi, paralysé, sans chagrin vibrant, saisi par une sorte d'engourdissement moral qui l'empêchait de souffrir, éprouvant même un allégement qu'augmentaient les exhalaisons tièdes épandues dans la nuit.

Quand ils furent au pont, ils tournèrent à droite, et la rivière leur jeta à la face un souffle frais. Elle coulait, mélancolique et tranquille, devant un rideau de hauts peupliers ; et des étoiles semblaient nager sur l'eau, remuées par le courant. Une brume fine et blanchâtre qui flottait sur la berge de l'autre côté apportait aux poumons une senteur humide ; et Caravan s'arrêta brusquement, frappé par cette odeur de fleuve qui remuait dans son cœur des souvenirs très vieux.

Et il revit soudain sa mère, autrefois, dans son enfance à lui, courbée à genoux devant leur porte, là-bas, en Picardie, et lavant au mince cours d'eau qui traversait le jardin le linge en tas à côté d'elle. Il entendait son battoir dans le silence tranquille de la campagne, sa voix qui criait : « Alfred, apporte-moi du savon. » Et il sentait cette même odeur d'eau qui coule, cette même brume envolée des terres ruisselantes, cette buée marécageuse dont la saveur était restée en lui, inoubliable, et qu'il retrouvait justement ce soir-là même où sa mère venait de mourir.

Il s'arrêta, raidi dans une reprise de désespoir fougueux. Ce fut comme un éclat de lumière illuminant d'un seul coup toute l'étendue de son malheur ; et la rencontre de ce souffle errant le jeta dans l'abîme noir des douleurs irrémédiables. Il sentit son cœur déchiré par cette séparation sans fin. Sa vie était coupée au milieu ; et sa jeunesse entière disparaissait engloutie dans cette mort. Tout l'*autrefois* était fini ; tous les souvenirs d'adolescence s'évanouissaient ; personne ne pourrait plus lui parler des choses anciennes, des gens qu'il avait connus jadis, de son pays, de lui-même, de l'intimité de sa vie passée ; c'était une partie de son être qui avait fini d'exister ; à l'autre de mourir maintenant.

Et le défilé des évocations commença. Il revoyait « la maman » plus jeune, vêtue de robes usées sur elle, portées si longtemps qu'elles semblaient insé-parables de sa personne ; il la retrouvait dans mille circonstances oubliées : avec des physionomies effacées, ses gestes, ses intonations, ses habitudes, ses manies, ses colères, les plis de sa figure, les mouvements de ses doigts maigres, toutes ses atti-tudes familières qu'elle n'aurait plus.

Et, se cramponnant au docteur, il poussa des gémissements. Ses jambes flasques tremblaient ; toute sa grosse personne était secouée par les sanglots, et il balbutiait : « Ma mère, ma pauvre mère, ma pauvre mère !... »

Mais son compagnon, toujours ivre, et qui rêvait

de finir la soirée en des lieux qu'il fréquentait secrètement, impatienté par cette crise aiguë de chagrin, le fit asseoir sur l'herbe de la rive, et presque aussitôt le quitta sous prétexte de voir un malade.

Caravan pleura longtemps ; puis, quand il fut à bout de larmes, quand toute sa souffrance eut pour ainsi dire coulé, il éprouva de nouveau un soulagement, un repos, une tranquillité subite.

La lune s'était levée ; elle baignait l'horizon de sa lumière placide. Les grands peupliers se dressaient avec des reflets d'argent, et le brouillard, sur la plaine, semblait de la neige flottante ; le fleuve, où ne nageaient plus les étoiles, mais qui paraissait couvert de nacre, coulait toujours, ridé par des frissons brillants. L'air était doux, la brise odorante. Une mollesse passait dans le sommeil de la terre, et Caravan buvait cette douceur de la nuit ; il respirait longuement, croyait sentir pénétrer jusqu'à l'extrémité de ses membres une fraîcheur, un calme, une consolation surhumaine.

Il résistait toutefois à ce bien-être envahissant, se répétait : « Ma mère, ma pauvre mère », s'excitant à pleurer par une sorte de conscience d'honnête homme ; mais il ne le pouvait plus ; et aucune tristesse même ne l'étreignait aux pensées qui, tout à l'heure encore, l'avaient fait si fort sangloter.

Alors il se leva pour rentrer, revenant à petits pas, enveloppé dans la calme indifférence de la nature sereine, et le cœur apaisé malgré lui.

Quand il atteignit le pont, il aperçut le fanal du dernier tramway prêt à partir et, par-derrière, les fenêtres éclairées du café du Globe.

Alors un besoin lui vint de raconter la catastrophe à quelqu'un, d'exciter la commisération, de se rendre intéressant. Il prit une physionomie lamentable, poussa la porte de l'établissement, et s'avança vers le comptoir où le patron trônait toujours. Il comptait sur un effet, tout le monde allait se lever, venir à lui, la main tendue : « Tiens, qu'avez-vous ? » Mais personne ne remarqua la désolation de son visage. Alors il s'accouda sur le comptoir et, serrant son front dans ses mains, il murmura : « Mon Dieu, mon Dieu ! »

Le patron le considéra : « Vous êtes malade, monsieur Caravan ? » Il répondit : « Non, mon pauvre ami ; mais ma mère vient de mourir. » L'autre lâcha un « Ah ! » distrait ; et comme un consommateur au fond de l'établissement criait : « Un bock, s'il vous plaît ! » il répondit aussitôt d'une voix terrible : « Voilà, boum !... on y va », et s'élança pour servir, laissant Caravan stupéfait.

Sur la même table qu'avant dîner, absorbés et immobiles, les trois amateurs de dominos jouaient encore. Caravan s'approcha d'eux, en quête de commisération. Comme aucun ne paraissait le voir, il se décida à parler : « Depuis tantôt, leur dit-il, il m'est arrivé un grand malheur. »

Ils levèrent un peu la tête tous les trois en même temps, mais en gardant l'œil fixe sur le jeu qu'ils tenaient en main. « Tiens, quoi donc ? — Ma mère vient de mourir. » Un d'eux murmura : « Ah ! diable » avec cet air faussement navré que prennent les indifférents. Un autre, ne trouvant rien à dire, fit entendre, en hochant le front, une sorte de sifflement triste. Le troisième se remit au jeu comme s'il eût pensé : « Ce n'est que ça. »

Caravant attendait un de ces mots qu'on dit « venus du cœur ». Se voyant ainsi reçu, il s'éloigna, indigné de leur placidité devant la douleur d'un ami, bien que cette douleur, en ce moment même, fût tellement engourdie qu'il ne la sentait plus guère.

Et il sortit.

Sa femme l'attendait en chemise de nuit, assise sur une chaise basse auprès de la fenêtre ouverte, et pensant toujours à l'héritage.

« Déshabille-toi, dit-elle : nous allons causer quand nous serons au lit. »

Il leva la tête, et, montrant le plafond de l'œil : « Mais... là-haut... il n'y a personne. — Pardon, Rosalie est auprès d'elle, tu iras la remplacer à trois heures du matin, quand tu auras fait un somme. »

Il resta néanmoins en caleçon afin d'être prêt à tout événement, noua un foulard autour de son crâne, puis rejoignit sa femme qui venait de se glisser dans les draps.

Ils demeurèrent quelque temps assis côté à côte. Elle songeait.

Sa coiffure, même à cette heure, était agrémentée d'un nœud rose et penchée un peu sur une oreille, comme par suite d'une invincible habitude de tous les bonnets qu'elle portait.

Soudain, tournant la tête vers lui : « Sais-tu si ta mère a fait un testament ? » dit-elle. Il hésita : « Je... je... ne crois pas... Non, sans doute, elle n'en a pas fait. » Mme Caravan regarda son mari dans les yeux, et, d'une voix basse et rageuse : « C'est une indignité, vois-tu ; car enfin voilà dix ans que nous nous décarcassons à la soigner, que nous la logeons, que nous la nourrissons ! Ce n'est pas ta sœur qui en aurait fait autant pour elle, ni moi non plus si j'avais su comment j'en serais récompensée ! Oui, c'est une honte pour sa mémoire ! Tu me diras qu'elle payait pension : c'est vrai ; mais les soins de ses enfants ce n'est pas avec de l'argent qu'on les paie : on les reconnaît par testament après la mort. Voilà comment se conduisent les gens honorables. Alors, moi, j'en ai été pour ma peine et pour mes tracas ! Ah ! c'est du propre ! c'est du propre ! »

Caravan, éperdu, répétait : « Ma chérie, ma chérie, je t'en prie, je t'en supplie. »

A la longue elle se calma, et revenant au ton de chaque jour, elle reprit : « Demain matin, il faudra prévenir ta sœur. »

Il eut un sursaut : « C'est vrai, je n'y avais pas pensé ; dès le jour j'enverrai une dépêche. » Mais elle l'arrêta, en femme qui a tout prévu. « Non, envoie-la seulement de dix à onze, afin que nous ayons le temps de nous retourner avant son arrivée. De Charenton ici elle en a pour deux heures au plus. Nous dirons que tu as perdu la tête. En prévenant dans la matinée, on ne se mettra pas dans la commise ! »

Mais Caravan se frappa le front, et avec l'intonation timide qu'il prenait toujours en parlant de son chef dont la pensée même le faisait trembler : « Il faut aussi prévenir le ministère », dit-il. Elle répondit : « Pourquoi prévenir ? Dans des occasions comme ça, on est toujours excusable d'avoir oublié. Ne préviens pas, crois-moi ; ton chef ne pourra rien dire et tu le mettras dans un rude embarras. — Oh ! ça, oui, dit-il, et dans une fameuse colère quand il ne me verra point venir. Oui, tu as raison, c'est une riche idée. Quand je lui annoncerai que ma mère est morte, il sera bien forcé de se taire. »

Et l'employé, ravi de la farce, se frottait les mains en songeant à la tête de son chef, tandis qu'au-dessus de lui le corps de la vieille gisait à côté de la bonne endormie.

Mme Caravan devenait soucieuse, comme obsédée par une préoccupation difficile à dire. Enfin elle se décida : « Ta mère t'avait bien donné sa pendule, n'est-ce pas, la jeune fille au bilboquet ? » Il chercha dans sa mémoire et répondit : « Oui, oui ; elle m'a dit (mais il y a longtemps de cela, c'est quand elle est venue ici), elle m'a dit : « Ce sera « pour toi, la pendule, si tu prends bien soin de « moi. »

Mme Caravan, tranquillisée, se rasséréna : « Alors, vois-tu, il faut aller la chercher, parce que, si nous laissons venir ta sœur, elle nous empêchera de la prendre. » Il hésitait : « Tu crois ?... » Elle se fâcha : « Certainement que je le crois ; une fois ici, ni vu ni connu : c'est à nous. C'est comme pour la commode de sa chambre, celle qui a un marbre : elle me l'a donnée, à moi, un jour qu'elle était de bonne humeur. Nous la descendrons en même temps. »

Caravan semblait incrédule. « Mais, ma chère, c'est une grande responsabilité ! » Elle se tourna vers lui, furieuse : « Ah ! vraiment ! Tu ne changeras donc jamais ? Tu laisseras tes enfants mourir de faim, toi, plutôt que de faire un mouvement. Du moment qu'elle me l'a donnée, cette commode, c'est à nous, n'est-ce pas ? Et si ta sœur n'est pas contente, elle me le dira, à moi ! Je m'en moque bien de ta sœur. Allons, lève-toi, que nous apportions tout de suite ce que ta mère nous a donné. »

Tremblant et vaincu, il sortit du lit, et, comme il passait sa culotte, elle l'en empêcha : « Ce n'est pas la peine de t'habiller, va, garde ton caleçon, ça suffit ; j'irai bien comme ça, moi. »

Et tous deux, en toilette de nuit, partirent, montèrent l'escalier sans bruit, ouvrirent la porte avec précaution et entrèrent dans la chambre où les quatre bougies allumées autour de l'assiette au buis bénit semblaient seules garder la vieille en son repos rigide ; car Rosalie, étendue dans son fauteuil, les jambes allongées, les mains croisées sur sa jupe, la tête tombée de côté, immobile aussi et la bouche ouverte, dormait en ronflant un peu.

Caravan prit la pendule. C'était un de ces objets grotesques comme en produisit beaucoup l'art impérial. Une jeune fille en bronze doré, la tête ornée de fleurs diverses, tenait à la main un bilboquet dont la boule servait de balancier. « Donne-moi ça, lui dit sa femme, et prends le marbre de la commode. »

Il obéit en soufflant et il percha le marbre sur son épaule avec un effort considérable.

Alors le couple partit. Caravan se baissa sous la porte, se mit à descendre en tremblant l'escalier, tandis que sa femme, marchant à reculons, l'éclairait d'une main, ayant la pendule sous l'autre bras.

Lorsqu'ils furent chez eux, elle poussa un grand soupir. « Le plus gros est fait, dit-elle ; allons chercher le reste. »

Mais les tiroirs du meuble étaient tout pleins des hardes de la vieille. Il fallait bien cacher cela quelque part.

Mme Caravan eut une idée : « Va donc prendre le coffre à bois en sapin qui est dans le vestibule ; il ne vaut pas quarante sous, on peut bien le mettre ici. » Et quand le coffre fut arrivé, on commença le transport.

Ils enlevaient, l'un après l'autre, les manchettes, les collerettes, les chemises, les bonnets, toutes les pauvres nippes de la bonne femme étendue là, derrière eux, et les disposaient méthodiquement dans le coffre à bois de façon à tromper Mme Braux, l'autre enfant de la défunte, qui viendrait le lendemain.

Quand ce fut fini, on descendit d'abord les tiroirs, puis le corps du meuble en le tenant chacun par un bout ; et tous deux cherchèrent pendant longtemps à quel endroit il ferait le mieux. On se décida pour la chambre, en face du lit, entre les deux fenêtres.

Une fois la commode en place, Mme Caravan l'emplit de son propre linge. La pendule occupa la cheminée de la salle ; et le couple considéra l'effet obtenu. Ils en furent aussitôt enchantés : « Ça fait très bien », dit-elle. Il répondit : « Oui, très bien. » Alors ils se couchèrent. Elle souffla la bougie ; et tout le monde bientôt dormit aux deux étages de la maison.

Il était déjà grand jour lorsque Caravan rouvrit les yeux. Il avait l'esprit confus à son réveil, et il ne se rappela l'événement qu'au bout de quelques minutes. Ce souvenir lui donna un grand coup dans la poitrine ; et il sauta du lit, très ému de nouveau, prêt à pleurer.

Il monta bien vite à la chambre au-dessus, où Rosalie dormait encore, dans la même posture que la veille, n'ayant fait qu'un somme de toute la nuit. Il la renvoya à son ouvrage, remplaça les bougies consumées, puis il considéra sa mère en roulant dans son cerveau ces apparences de pensées profondes, ces banalités religieuses et philosophiques qui hantent les intelligences moyennes en face de la mort.

Mais comme sa femme l'appelait, il descendit. Elle avait dressé une liste des choses à faire dans la matinée, et elle lui remit cette nomenclature dont il fut épouvanté.

Il lut : 1º Faire la déclaration à la mairie ;

2º Demander le médecin des morts ;

3º Commander le cercueil ;

4º Passer à l'église ;

5º Aux pompes funèbres ;

6º A l'imprimerie pour les lettres ;

7º Chez le notaire ;

8º Au télégraphe pour avertir la famille.

Plus une multitude de petites commissions. Alors il prit son chapeau et s'éloigna.

Or, la nouvelle s'étant répandue, les voisines commençaient à arriver et demandaient à voir la morte.

Chez le coiffeur, au rez-de-chaussée, une scène avait même eu lieu à ce sujet entre la femme et le mari pendant qu'il rasait un client.

La femme, tout en tricotant un bas, murmura : « Encore une de moins, et une avare, celle-là, comme il n'y en avait pas beaucoup. Je ne l'aimais guère, c'est vrai ; il faudra tout de même que j'aille la voir. »

Le mari grogna, tout en savonnant le menton du patient : « En voilà, des fantaisies ! Il n'y a que les femmes pour ça. Ce n'est pas assez de vous embêter pendant la vie, elles ne peuvent seulement pas vous laisser tranquille après la mort. » Mais son épouse, sans se déconcerter, reprit : « C'est plus fort que moi ; faut que j'y aille. Ça me tient depuis ce matin. Si je ne la voyais pas, il me semble que j'y penserais toute ma vie. Mais quand je l'aurai bien regardée pour prendre sa figure, je serai satisfaite après. »

L'homme au rasoir haussa les épaules et confia au monsieur dont il grattait la joue : « Je vous demande un peu quelles idées ça vous a, ces sacrées femelles ! Ce n'est pas moi qui m'amuserais à voir un mort ! » Mais sa femme l'avait entendu, et elle répondit sans se troubler : « C'est comme ça, c'est comme ça. » Puis, posant son tricot sur le comptoir, elle monta au premier étage.

Deux voisines étaient déjà venues et causaient de l'accident avec Mme Caravan qui racontait les détails.

On se dirigea vers la chambre mortuaire. Les quatre femmes entrèrent à pas de loup, aspergèrent le drap l'une après l'autre avec l'eau salée, s'agenouillèrent, firent le signe de la croix en marmottant une prière, puis, s'étant relevées, les yeux agrandis, la bouche entrouverte, considérèrent longuement le cadavre, pendant que la belle-fille de la morte, un mouchoir sur la figure, simulait un hoquet désespéré.

Quand elle se retourna pour sortir, elle aperçut, debout près de la porte, Marie-Louise et Philippe-Auguste, tous deux en chemise, qui regardaient curieusement. Alors, oubliant son chagrin de commande, elle se précipita sur eux, la main levée, en criant d'une voix rageuse : « Voulez-vous bien filer, bougres de polissons ! »

Étant remontée dix minutes plus tard avec une fournée d'autres voisines, après avoir de nouveau secoué le buis sur sa belle-mère, prié, larmoyé, accompli tous ses devoirs, elle retrouva ses deux enfants revenus ensemble derrière elle. Elle les talocha encore par conscience ; mais, la fois suivante, elle n'y prit plus garde ; et, à chaque retour de visiteurs, les deux mioches suivaient toujours, s'agenouillant aussi dans un coin et répétant invariablement tout ce qu'ils voyaient faire à leur mère.

Au commencement de l'après-midi, la foule des curieuses diminua. Bientôt il ne vint plus personne. Mme Caravan, rentrée chez elle, s'occupait à tout préparer pour la cérémonie funèbre ; et la morte resta solitaire.

La fenêtre de la chambre était ouverte. Une chaleur torride entrait avec des bouffées de poussière ; les flammes des quatre bougies s'agitaient auprès du corps immobile ; et sur le drap, sur la face aux yeux fermés, sur les deux mains allongées, des petites mouches grimpaient, allaient, venaient, se promenaient sans cesse, visitaient la vieille, attendant leur heure prochaine.

Mais Marie-Louise et Philippe-Auguste étaient

repartis vagabonder dans l'avenue. Ils furent bientôt entourés de camarades, de petites filles surtout, plus éveillées, flairant plus vite tous les mystères de la vie. Et elles interrogeaient comme les grandes personnes. « Ta grand-maman est morte ? — Oui, hier au soir. — Comment c'est, un mort ? » Et Marie-Louise expliquait, racontait les bougies, le buis, la figure. Alors une grande curiosité s'éveilla chez tous les enfants ; et ils demandèrent aussi à monter chez la trépassée.

Aussitôt, Marie-Louise organisa un premier voyage, cinq filles et deux garçons : les plus grands, les plus hardis. Elle les força à retirer leurs souliers pour ne point être découverts ; la troupe se faufila dans la maison et monta lestement comme une armée de souris.

Une fois dans la chambre, la fillette, imitant sa mère, régla le cérémonial. Elle guida solennellement ses camarades, s'agenouilla, fit le signe de la croix, remua les lèvres, se releva, aspergea le lit, et pendant que les enfants, en un tas serré, s'approchaient effrayés, curieux et ravis, pour contempler le visage et les mains, elle se mit soudain à simuler des sanglots en se cachant les yeux dans son petit mouchoir. Puis, consolée brusquement en songeant à ceux qui attendaient devant la porte, elle entraîna, en courant, tout son monde pour ramener bientôt un autre groupe, puis un troisième, car tous les galopins du pays, jusqu'aux petits mendiants en loques, accouraient à ce plaisir nouveau ; et elle recommençait chaque fois les simagrées maternelles avec une perfection absolue.

A la longue, elle se fatigua. Un autre jeu entraîna les enfants au loin ; et la vieille grand-mère demeura seule, oubliée tout à fait, par tout le monde.

L'ombre emplit la chambre, et sur sa figure sèche et ridée la flamme remuante des lumières faisait danser des clartés.

Vers huit heures, Caravan monta, ferma la fenêtre et renouvela les bougies. Il entrait maintenant d'une façon tranquille, accoutumé déjà à considérer le cadavre comme s'il était là depuis des mois. Il constata même qu'aucune décomposition n'apparaissait encore, et il en fit la remarque à sa femme au moment où ils se mettaient à table pour dîner. Elle répondit : « Tiens, elle est en bois ; elle se conserverait un an. »

On mangea le potage sans prononcer une parole. Les enfants laissés libres tout le jour, exténués de fatigue, sommeillaient sur leurs chaises et tout le monde restait silencieux.

Soudain la clarté de la lampe baissa.

Mme Caravan aussitôt remonta la clef ; mais l'appareil rendit un son creux, un bruit de gorge prolongé, et la lumière s'éteignit. On avait oublié d'acheter de l'huile ! Aller chez l'épicier retarderait le dîner, on chercha des bougies ; mais il n'y en avait plus d'autres que celles allumées en haut sur la table de nuit.

Mme Caravan, prompte en ses décisions, envoya bien vite Marie-Louise en prendre deux ; et l'on attendait dans l'obscurité.

On entendait distinctement les pas de la fillette qui montait l'escalier. Il y eut ensuite un silence de quelques secondes ; puis l'enfant redescendit précipitamment. Elle ouvrit la porte, effarée, plus émue encore que la veille en annonçant la catastrophe, et elle murmura, suffoquant : « Oh ! papa, grand-maman s'habille ! »

Caravan se dressa avec un tel sursaut que sa chaise alla rouler contre le mur. Il balbutia : « Tu dis ?... Qu'est-ce que tu dis là ?... »

Mais Marie-Louise, étranglée par l'émotion, répéta : « Grand-... grand-... grand-maman s'habille... elle va descendre. »

Il s'élança dans l'escalier follement, suivi de sa femme abasourdie ; mais devant la porte du second il s'arrêta, secoué par l'épouvante, n'osant pas entrer. Qu'allait-il voir ? — Mme Caravan, plus hardie, tourna la serrure et pénétra dans la chambre.

La pièce semblait devenue plus sombre ; et, au milieu, une grande forme maigre remuait. Elle était debout, la vieille ; et en s'éveillant du sommeil léthargique, avant même que la connaissance lui fût en plein revenue, se tournant de côté et se soulevant sur un coude, elle avait soufflé trois des bougies qui brûlaient près du lit mortuaire. Puis, reprenant des forces, elle s'était levée pour chercher ses hardes. Sa commode partie l'avait troublée d'abord, mais peu à peu elle avait retrouvé ses affaires tout au fond du coffre à bois et s'était tranquillement habillée. Ayant ensuite vidé l'assiette remplie d'eau, replacé le buis derrière la glace et remis les chaises à leur place, elle était prête à descendre, quand apparurent devant elle son fils et sa belle-fille.

Caravan se précipita, lui saisit les mains, l'embrassa, les larmes aux yeux ; tandis que sa femme, derrière lui, répétait d'un air hypocrite : « Quel bonheur, oh ! quel bonheur ! »

Mais la vieille, sans s'attendrir, sans même avoir l'air de comprendre, raide comme une statue, et l'œil glacé, demanda seulement : « Le dîner est-il bientôt prêt ? » Il balbutia, perdant la tête : « Mais oui, maman, nous t'attendions. » Et avec un empressement inaccoutumé, il prit son bras, pendant que Mme Caravan la jeune saisissait la bougie, les éclairait, descendant l'escalier devant eux, à reculons et marche à marche, comme elle avait fait, la nuit même, devant son mari qui portait le marbre.

En arrivant au premier étage, elle faillit se heurter contre des gens qui montaient. C'était la famille de Charenton, Mme Braux suivie de son époux.

La femme, grande, grosse, avec un ventre d'hydropique qui rejetait le torse en arrière, ouvrait des yeux effarés, prête à fuir. Le mari, un cordonnier socialiste, petit homme poilu jusqu'au nez, tout pareil à un singe, murmura sans s'émouvoir : « Eh bien, quoi ? Elle ressuscite ! »

Aussitôt que Mme Caravan les eut reconnus, elle leur fit des signes désespérés ; puis, tout haut : « Tiens ! comment !... vous voilà ! Quelle bonne surprise ! »

Mais Mme Braux, abasourdie, ne comprenait pas ; elle répondit à demi-voix : « C'est votre dépêche qui nous a fait venir ; nous croyions que c'était fini. »

Son mari, derrière elle, la pinçait pour la faire taire. Il ajouta avec un rire malin caché dans sa barbe épaisse : « C'est bien aimable à vous de nous avoir invités. Nous sommes venus tout de suite », faisant allusion ainsi à l'hostilité qui régnait depuis longtemps entre les deux ménages. Puis, comme la vieille arrivait aux dernières marches, il s'avança vivement et frotta contre ses joues le poil qui lui couvrait la face, et criant dans son oreille à cause de sa surdité : « Ça va bien, la mère, toujours solide, hein ? »

Mme Braux, dans sa stupeur de voir bien vivante celle qu'elle s'attendait à retrouver morte, n'osait pas même l'embrasser ; et son ventre énorme encombrait tout le palier, empêchant les autres d'avancer.

La vieille, inquiète et soupçonneuse, mais sans

parler jamais, regardait tout ce monde autour d'elle ; et son petit œil gris, scrutateur et dur, se fixait tantôt sur l'un, tantôt sur l'autre, plein de pensées visibles qui gênaient ses enfants.

Caravan dit, pour expliquer : « Elle a été un peu souffrante, mais elle va bien maintenant, tout à fait bien, n'est-ce pas, mère ? »

Alors la bonne femme, se remettant en marche, répondit de sa voix cassée, comme lointaine : « C'est une syncope ; je vous entendais tout le temps. »

Un silence embarrassé suivit. On pénétra dans la salle ; puis on s'assit devant un dîner improvisé en quelques minutes.

Seul, M. Braux avait gardé son aplomb. Sa figure de gorille méchant grimaçait ; et il lâchait des mots à double sens qui gênaient visiblement tout le monde.

Mais à chaque instant le timbre du vestibule sonnait ; et Rosalie éperdue venait chercher Caravan qui s'élançait en jetant sa serviette. Son beau-frère lui demanda même si c'était son jour de réception. Il balbutia : « Non, des commissions, rien du tout. »

Puis, comme on apportait un paquet, il l'ouvrit étourdiment, et des lettres de faire-part, encadrées de noir, apparurent. Alors, rougissant jusqu'aux yeux, il referma l'enveloppe et l'engloutit dans son gilet.

Sa mère ne l'avait pas vu ; elle regardait obstinément sa pendule dont le bilboquet doré se balançait sur la cheminée. Et l'embarras grandissait au milieu d'un silence glacial.

Alors la vieille, tournant vers sa fille sa face ridée de sorcière, eut dans les yeux un frisson de malice et prononça : « Lundi, tu m'amèneras ta petite, je veux la voir. » Mme Braux, la figure illuminée, cria : « Oui, maman », tandis que Mme Caravan la jeune, devenue pâle, défaillait d'angoisse.

Cependant, les deux hommes, peu à peu, se mirent à causer ; et ils entamèrent, à propos de rien, une discussion politique. Braux, soutenant les doctrines révolutionnaires et communistes, se démenait, les yeux allumés dans son visage poilu, criant : « La propriété, monsieur, c'est un vol au travailleur ; — la terre appartient à tout le monde ; — l'héritage est une infamie et une honte !... » Mais il s'arrêta brusquement, confus comme un homme qui vient de dire une sottise ; puis, d'un ton plus doux, il ajouta : « Mais ce n'est pas le moment de discuter ces choses-là. »

La porte s'ouvrit ; le *docteur* Chenet parut. Il eut une seconde d'effarement, puis il reprit contenance, et s'approchant de la vieille femme : « Ah ! ah ! la maman ! ça va bien aujourd'hui. Oh ! je m'en doutais, voyez-vous ; et je me disais à moi-même tout à l'heure, en montant l'escalier : Je parie qu'elle sera debout, l'ancienne. » Et lui tapant doucement dans le dos : « Elle est solide comme le Pont-Neuf ; elle nous enterrera tous, vous verrez. »

Il s'assit, acceptant le café qu'on lui offrait, et se mêla bientôt à la conversation des deux hommes, approuvant Braux, car il avait été lui-même compromis dans la Commune.

Or, la vieille, se sentant fatiguée, voulut partir. Caravan se précipita. Alors elle le fixa dans les yeux et lui dit : « Toi, tu vas me remonter tout de suite ma commode et ma pendule. » Puis, comme il bégayait : « Oui, maman », elle prit le bras de sa fille et disparut avec elle.

Les deux Caravan demeurèrent effarés, muets, effondrés dans un affreux désastre, tandis que Braux se frottait les mains en sirotant son café.

Soudain Mme Caravan, affolée de colère, s'élança sur lui, hurlant : « Vous êtes un voleur, un gredin, une canaille... Je vous crache à la figure, je vous... je vous... » Elle ne trouvait rien, suffoquant ; mais lui, riait, buvant toujours.

Puis, comme sa femme revenait justement, elle s'élança vers sa belle-sœur ; et toutes deux, l'une énorme avec son ventre menaçant, l'autre épileptique et maigre, la voix changée, la main tremblante, s'envoyèrent à pleine gueule des hottées d'injures.

Chenet et Braux s'interposèrent, et ce dernier, poussant sa moitié par les épaules, la jeta dehors en criant : « Va donc, bourrique, tu brais trop ! »

Et on les entendit dans la rue qui se chamaillaient en s'éloignant.

M. Chenet prit congé.

Les Caravan restèrent face à face.

Alors l'homme tomba sur une chaise avec une sueur froide aux tempes, et murmura : « Qu'est-ce que je vais dire à mon chef ? »

LE PAPA DE SIMON

Midi finissait de sonner. La porte de l'école s'ouvrit, et les gamins se précipitèrent en se bousculant pour sortir plus vite. Mais au lieu de se disperser rapidement et de rentrer dîner, comme ils le faisaient chaque jour, ils s'arrêtèrent à quelques pas, se réunirent par groupes et se mirent à chuchoter.

C'est que, ce matin-là, Simon, le fils de la Blanchotte, était venu à la classe pour la première fois.

Tous avaient entendu parler de la Blanchotte dans leurs familles ; et quoiqu'on lui fît bon accueil en public, les mères la traitaient entre elles avec une sorte de compassion un peu méprisante qui avait gagné les enfants sans qu'ils sussent du tout pourquoi.

Quant à Simon, ils ne le connaissaient pas, car il ne sortait jamais, et il ne galopinait point avec eux dans les rues du village ou sur les bords de la rivière. Aussi ne l'aimaient-ils guère ; et c'était avec une certaine joie, mêlée d'un étonnement considérable, qu'ils avaient accueilli et qu'ils s'étaient répété l'un à l'autre cette parole dite par un gars de quatorze ou quinze ans qui paraissait en savoir long tant il clignait finement des yeux :

« Vous savez... Simon... eh bien, il n'a pas de papa. »

Le fils de la Blanchotte parut à son tour sur le seuil de l'école.

Il avait sept ou huit ans. Il était un peu pâlot, très propre, avec l'air timide, presque gauche[1].

Il s'en retournait chez sa mère quand les groupes de ses camarades, chuchotant toujours et le regardant avec les yeux malins et cruels des enfants qui méditent un mauvais coup, l'entourèrent peu à peu et finirent par l'enfermer tout à fait. Il restait là, planté au milieu d'eux, surpris et embarrassé, sans comprendre ce qu'on allait lui faire. Mais le gars qui avait apporté la nouvelle, enorgueilli du succès obtenu déjà, lui demanda :

« Comment t'appelles-tu, toi ? »

Il répondit : « Simon.

— Simon quoi ? » reprit l'autre.

L'enfant répéta tout confus : « Simon. »

Le gars lui cria : « On s'appelle Simon quelque chose... c'est pas un nom, ça... Simon. »

Et lui, prêt à pleurer, répondit pour la troisième fois :

« Je m'appelle Simon. »

Les galopins se mirent à rire. Le gars triomphant éleva la voix : « Vous voyez bien qu'il n'a pas de papa. »

Un grand silence se fit. Les enfants étaient stupéfaits par cette chose extraordinaire, impossible, monstrueuse, — un garçon qui n'a pas de papa ; — ils le regardaient comme un phénomène, un être hors de la nature, et ils sentaient grandir en eux ce mépris, inexpliqué jusque-là, de leurs mères pour la Blanchotte.

Quant à Simon, il s'était appuyé contre un arbre

pour ne pas tomber ; et il restait comme atterré par un désastre irréparable. Il cherchait à s'expliquer. Mais il ne pouvait rien trouver pour leur répondre, et démentir cette chose affreuse qu'il n'avait pas de papa. Enfin, livide, il leur cria à tout hasard : « Si, j'en ai un.

— Où est-il ? » demanda le gars.

Simon se tut ; il ne savait pas. Les enfants riaient, très excités ; et ces fils des champs, plus proches des bêtes, éprouvaient ce besoin cruel qui pousse les poules d'une basse-cour à achever l'une d'entre elles aussitôt qu'elle est blessée. Simon avisa tout à coup un petit voisin, le fils d'une veuve, qu'il avait toujours vu, comme lui-même, tout seul avec sa mère.

« Et toi non plus, dit-il, tu n'as pas de papa.

— Si, répondit l'autre, j'en ai un.

— Où est-il ? risposta Simon.

— Il est mort, déclara l'enfant avec une fierté superbe, il est au cimetière, mon papa. »

Un murmure d'approbation courut parmi les garnements, comme si ce fait d'avoir son père mort au cimetière eût grandi leur camarade pour écraser cet autre qui n'en avait point du tout. Et ces polissons, dont les pères étaient, pour la plupart, méchants, ivrognes, voleurs et durs à leurs femmes, se bousculaient en se serrant de plus en plus, comme si eux, les légitimes, eussent voulu étouffer dans une pression celui qui était hors la loi.

L'un, tout à coup, qui se trouvait contre Simon, lui tira la langue d'un air narquois et lui cria :

« Pas de papa ! pas de papa ! »

Simon le saisit à deux mains aux cheveux et se mit à lui cribler les jambes de coups de pied, pendant qu'il lui mordait la joue cruellement. Il se fit une bousculade énorme. Les deux combattants furent séparés, et Simon se trouva frappé, déchiré, meurtri, roulé par terre, au milieu du cercle des galopins qui applaudissaient. Comme il se relevait, en nettoyant machinalement avec sa main sa petite blouse toute sale de poussière, quelqu'un lui cria :

« Va le dire à ton papa. »

Alors il sentit dans son cœur un grand écroulement. Ils étaient plus forts que lui, ils l'avaient battu, et il ne pouvait point leur répondre, car il sentait bien que c'était vrai qu'il n'avait pas de papa. Plein d'orgueil, il essaya pendant quelques secondes de lutter contre les larmes qui l'étranglaient. Il eut une suffocation, puis, sans cris, il se mit à pleurer par grands sanglots qui le secouaient précipitamment.

Alors une joie féroce éclata chez ses ennemis, et naturellement, ainsi que les sauvages dans leurs gaietés terribles, ils se prirent par la main et se mirent à danser en rond autour de lui, en répétant comme un refrain : « Pas de papa ! pas de papa ! »

Mais Simon tout à coup cessa de sangloter. Une rage l'affola. Il y avait des pierres sous ses pieds ; il les ramassa et, de toutes ses forces, les lança contre ses bourreaux. Deux ou trois furent atteints et se sauvèrent en criant ; et il avait l'air tellement formidable qu'une panique eut lieu parmi les autres. Lâches, comme l'est toujours la foule devant un homme exaspéré, ils se débandèrent et s'enfuirent.

Resté seul, le petit enfant sans père se mit à courir vers les champs, car un souvenir lui était venu qui avait amené dans son esprit une grande résolution. Il voulait se noyer dans la rivière.

Il se rappelait en effet que, huit jours auparavant, un pauvre diable qui mendiait sa vie s'était jeté dans l'eau parce qu'il n'avait plus d'argent. Simon était là lorsqu'on le repêchait ; et le triste bonhomme, qui lui semblait ordinairement lamentable, malpropre et laid, l'avait alors frappé par son air tranquille, avec ses joues pâles, sa longue barbe mouillée et ses yeux ouverts, très calmes. On avait dit alentour : « Il est mort. » Quelqu'un avait ajouté : « Il est bien heureux maintenant. » Et Simon voulait aussi se noyer, parce qu'il n'avait pas de père, comme ce misérable qui n'avait pas d'argent.

Il arriva tout près de l'eau et la regarda couler. Quelques poissons folâtraient, rapides, dans le courant clair, et, par moments, faisaient un petit bond et happaient des mouches voltigeant à la surface. Il cessa de pleurer pour les voir, car leur manège l'intéressait beaucoup. Mais, parfois, comme dans les accalmies d'une tempête passent tout à coup de grandes rafales de vent qui font craquer les arbres et se perdent à l'horizon, cette pensée lui revenait avec une douleur aiguë : « Je vais me noyer parce que je n'ai point de papa. »

Il faisait très chaud, très bon. Le doux soleil chauffait l'herbe. L'eau brillait comme un miroir. Et Simon avait des minutes de béatitude, de cet alanguissement qui suit les larmes, où il lui venait de grandes envies de s'endormir là, sur l'herbe, dans la chaleur.

Une petite grenouille verte sauta sous ses pieds. Il essaya de la prendre. Elle lui échappa. Il la poursuivit et la manqua trois fois de suite. Enfin il la saisit par l'extrémité de ses pattes de derrière et il se mit à rire en voyant les efforts que faisait la bête pour s'échapper. Elle se ramassait sur ses grandes jambes, puis d'une détente brusque, les allongeait subitement, raides comme deux barres ; tandis que, l'œil tout rond avec son cercle d'or, elle battait l'air de ses pattes de devant qui s'agitaient comme des mains. Cela lui rappela un joujou fait avec d'étroites planchettes de bois clouées en zig-zag les unes sur les autres, qui, par un mouvement semblable, conduisaient l'exercice de petits soldats piqués dessus. Alors, il pensa à sa maison, puis à sa mère, et, pris d'une grande tristesse, il recommença à pleurer. Des frissons lui passaient dans les membres ; il se mit à genoux et récita sa prière comme avant de s'endormir. Mais il ne put l'achever, car des sanglots lui revinrent si pressés, si tumultueux, qu'ils l'envahirent tout entier. Il ne pensait plus ; il ne voyait plus rien autour de lui et il n'était occupé qu'à pleurer.

Soudain, une lourde main s'appuya sur son épaule et une grosse voix lui demanda : « Qu'est-ce qui te fait donc tant de chagrin, mon bonhomme ? »

Simon se retourna. Un grand ouvrier qui avait une barbe et des cheveux noirs tout frisés le regardait d'un air bon. Il répondit avec des larmes plein les yeux et plein la gorge :

« Ils m'ont battu... parce que... je... je... n'ai pas... de papa... pas de papa.

— Comment, dit l'homme en souriant, mais tout le monde en a un. »

L'enfant reprit péniblement au milieu des spasmes de son chagrin : « Moi... moi... je n'en ai pas. »

Alors l'ouvrier devint grave ; il avait reconnu le fils de la Blanchotte, et, quoique nouveau dans le pays, il savait vaguement son histoire.

« Allons, dit-il, console-toi, mon garçon, et viens-t'en avec moi chez ta maman. On t'en donnera... un papa. »

Ils se mirent en route, le grand tenant le petit par la main, et l'homme souriait de nouveau, car il n'était pas fâché de voir cette Blanchotte, qui était, contait-on, une des plus belles filles du pays ; et il se disait peut-être, au fond de sa pensée, qu'une jeunesse qui avait failli pouvait bien faillir encore.

Ils arrivèrent devant une petite maison blanche, très propre.

« C'est là », dit l'enfant, et il cria : « Maman ! »

Une femme se montra, et l'ouvrier cessa brusquement de sourire, car il comprit tout de suite qu'on ne badinait plus avec cette grande fille pâle qui restait sévère sur sa porte, comme pour défendre à un homme le seuil de cette maison où elle avait été déjà trahie par un autre. Intimidé et sa casquette à la main, il balbutia :

« Tenez, madame, je vous ramène votre petit garçon qui s'était perdu près de la rivière. »

Mais Simon sauta au cou de sa mère et lui dit en se remettant à pleurer :

« Non, maman, j'ai voulu me noyer, parce que les autres m'ont battu... m'ont battu... parce que je n'ai pas de papa. »

Une rougeur cuisante couvrit les joues de la jeune femme, et, meurtrie jusqu'au fond de sa chair, elle embrassa son enfant avec violence pendant que des larmes rapides lui coulaient sur la figure. L'homme ému restait là, ne sachant comment partir. Mais Simon soudain courut vers lui et lui dit :

« Voulez-vous être mon papa ? »

Un grand silence se fit. La Blanchotte, muette et torturée de honte, s'appuyait contre le mur, les deux mains sur son cœur. L'enfant, voyant qu'on ne lui répondait point, reprit :

« Si vous ne voulez pas, je retournerai me noyer. »

L'ouvrier prit la chose en plaisanterie et répondit en riant :

« Mais oui, je veux bien.

— Comment est-ce que tu t'appelles, demanda alors l'enfant, pour que je réponde aux autres quand ils voudront savoir ton nom ?

— Philippe », répondit l'homme.

Simon se tut une seconde pour bien faire entrer ce nom-là dans sa tête, puis il tendit les bras, tout consolé, en disant :

« Eh bien ! Philippe, tu es mon papa. »

L'ouvrier, l'enlevant de terre, l'embrassa brusquement sur les deux joues, puis il s'enfuit très vite à grandes enjambées.

Quand l'enfant entra dans l'école, le lendemain, un rire méchant l'accueillit ; et à la sortie, lorsque le gars voulut recommencer, Simon lui jeta ces mots à la tête, comme il aurait fait d'une pierre : « Il s'appelle Philippe, mon papa. »

Des hurlements de joie jaillirent de tous les côtés :

« Philippe qui ?... Philippe quoi ?... Qu'est-ce que c'est que ça, Philippe ?... Où l'as-tu pris, ton Philippe ? »

Simon ne répondit rien ; et, inébranlable dans sa foi, il les défiait de l'œil, prêt à se laisser martyriser plutôt que de fuir devant eux. Le maître d'école le délivra et il retourna chez sa mère.

Pendant trois mois, le grand ouvrier Philippe passa souvent près de la maison de la Blanchotte et, quelquefois, il s'enhardissait à lui parler lorsqu'il la voyait cousant auprès de sa fenêtre. Elle lui répondait poliment, toujours grave, sans rire jamais avec lui, et sans le laisser entrer chez elle. Cependant, un peu fat, comme tous les hommes, il s'imagina qu'elle était souvent plus rouge que de coutume lorsqu'elle causait avec lui.

Mais une réputation tombée est si pénible à

refaire et demeure toujours si fragile, que, malgré la réserve ombrageuse de la Blanchotte, on jasait déjà dans le pays.

Quant à Simon, il aimait beaucoup son nouveau papa et se promenait avec lui presque tous les soirs, la journée finie. Il allait assidûment à l'école et passait au milieu de ses camarades fort digne, sans leur répondre jamais.

Un jour, pourtant, le gars qui l'avait attaqué le premier lui dit :

« Tu as menti, tu n'as pas un papa qui s'appelle Philippe.

— Pourquoi ça ? » demanda Simon très ému.

Le gars se frottait les mains. Il reprit :

« Parce que si tu en avais un, il serait le mari de ta maman. »

Simon se troubla devant la justesse de ce raisonnement, néanmoins il répondit : « C'est mon papa tout de même.

— Ça se peut bien, dit le gars en ricanant, mais ce n'est pas ton papa tout à fait. »

Le petit à la Blanchotte courba la tête et s'en alla rêver du côté de la forge au père Loizon, où travaillait Philippe.

Cette forge était comme ensevelie sous des arbres. Il y faisait très sombre ; seule, la lueur rouge d'un foyer formidable éclairait par grands reflets cinq forgerons aux bras nus qui frappaient sur leurs enclumes avec un terrible fracas. Ils se tenaient debout, enflammés comme des démons, les yeux fixés sur le fer ardent qu'ils torturaient ; et leur lourde pensée montait et retombait avec leurs marteaux.

Simon entra sans être vu et alla tout doucement tirer son ami par la manche. Celui-ci se retourna. Soudain le travail s'interrompit, et tous les hommes regardèrent, très attentifs. Alors, au milieu de ce silence inaccoutumé, monta la petite voix frêle de Simon.

« Dis donc, Philippe, le gars à la Michaude qui m'a conté tout à l'heure que tu n'étais pas mon papa tout à fait.

— Pourquoi ça ? » demanda l'ouvrier.

L'enfant répondit avec toute sa naïveté :

« Parce que tu n'es pas le mari de maman. »

Personne ne rit. Philippe resta debout, appuyant son front sur le dos de ses grosses mains que supportait le manche de son marteau dressé sur l'enclume. Il rêvait. Ses quatre compagnons le regardaient et, tout petit entre ces géants, Simon, anxieux, attendait. Tout à coup, un des forgerons, répondant à la pensée de tous, dit à Philippe :

« C'est tout de même une bonne et brave fille que la Blanchotte, et vaillante et rangée malgré son malheur, et qui serait une digne femme pour un honnête homme.

— Ça, c'est vrai », dirent les trois autres.

L'ouvrier continua :

« Est-ce sa faute, à cette fille, si elle a failli ? On lui avait promis mariage, et j'en connais plus d'une qu'on respecte bien aujourd'hui et qui en a fait tout autant.

— Ça, c'est vrai », répondirent en chœur les trois hommes.

Il reprit : « Ce qu'elle a peiné la pauvre, pour élever son gars toute seule, et ce qu'elle a pleuré depuis qu'elle ne sort plus que pour aller à l'église, il n'y a que le Bon Dieu qui le sait.

— C'est encore vrai », dirent les autres.

Alors on n'entendit plus que le soufflet qui activait le feu du foyer. Philippe, brusquement, se pencha vers Simon :

« Va dire à ta maman que j'irai lui parler ce soir. »

Puis il poussa l'enfant dehors par les épaules.

Il revint à son travail et, d'un seul coup, les cinq marteaux retombèrent ensemble sur les enclumes. Ils battirent ainsi le fer jusqu'à la nuit, forts, puissants, joyeux comme des marteaux satisfaits. Mais, de même que le bourdon d'une cathédrale résonne dans les jours de fête au-dessus du tintement des autres cloches, ainsi le marteau de Philippe, dominant le fracas des autres, s'abattait de seconde en seconde avec un vacarme assourdissant. Et lui, l'œil allumé, forgeait passionnément, debout dans les étincelles.

Le ciel était plein d'étoiles quand il vint frapper à la porte de la Blanchotte. Il avait sa blouse des dimanches, une chemise fraîche et la barbe faite. La jeune femme se montra sur le seuil et lui dit d'un air peiné : « C'est mal de venir ainsi la nuit tombée, monsieur Philippe. »

Il voulut répondre, balbutia et resta confus devant elle.

Elle reprit : « Vous comprenez bien pourtant qu'il ne faut plus que l'on parle de moi. »

Alors, lui, tout à coup :

« Qu'est-ce que ça fait, dit-il, si vous voulez être ma femme ! »

Aucune voix ne lui répondit, mais il crut entendre dans l'ombre de la chambre le bruit d'un corps qui s'affaissait. Il entra bien vite ; et Simon, qui était couché dans son lit, distingua le son d'un baiser et quelques mots que sa mère murmurait bien bas. Puis, tout à coup, il se sentit enlevé dans les mains de son ami, et celui-ci, le tenant au bout de ses bras d'hercule, lui cria :

« Tu leur diras, à tes camarades, que ton papa, c'est Philippe Remy, le forgeron, et qu'il ira tirer les oreilles à tous ceux qui te feront du mal. »

Le lendemain, comme l'école était pleine et que

la classe allait commencer, le petit Simon se leva, tout pâle et les lèvres tremblantes : « Mon papa, dit-il, d'une voix claire, c'est Philippe Remy, le forgeron, et il a promis qu'il tirerait les oreilles à tous ceux qui me feraient du mal. »

Cette fois, personne ne rit plus, car on le connaissait bien ce Philippe Remy, le forgeron, et c'était un papa, celui-là, dont tout le monde eût été fier.

UNE PARTIE DE CAMPAGNE

ON avait projeté depuis cinq mois d'aller déjeuner aux environs de Paris, le jour de la fête de Mme Dufour, qui s'appelait Pétronille. Aussi, comme on avait attendu cette partie impatiemment, s'était-on levé de fort bonne heure ce matin-là.

M. Dufour, ayant emprunté la voiture du laitier, conduisait lui-même. La carriole, à deux roues, était fort propre ; elle avait un toit supporté par quatre montants de fer où s'attachaient des rideaux qu'on avait relevés pour voir le paysage. Celui de derrière, seul, flottait au vent, comme un drapeau. La femme, à côté de son époux, s'épanouissait dans une robe de soie cerise extraordinaire. Ensuite, sur deux chaises, se tenaient une vieille grand-mère et une jeune fille. On apercevait encore la chevelure jaune d'un garçon qui, faute de siège, s'était étendu tout au fond, et dont la tête seule apparaissait.

Après avoir suivi l'avenue des Champs-Élysées et franchi les fortifications à la porte Maillot, on s'était mis à regarder la contrée.

En arrivant au pont de Neuilly, M. Dufour avait dit : « Voici la campagne enfin ! » et sa femme, à ce signal, s'était attendrie sur la nature.

Au rond-point de Courbevoie, une admiration les avait saisis devant l'éloignement des horizons. A droite, là-bas, c'était Argenteuil, dont le clocher se dressait ; au-dessus apparaissaient les buttes de Sannois et le Moulin d'Orgemont. A gauche, l'aqueduc de Marly se dessinait sur le ciel clair du matin, et l'on apercevait aussi, de loin, la terrasse de Saint-Germain ; tandis qu'en face, au bout d'une chaîne de collines, des terres remuées indiquaient le nouveau fort de Cormeilles. Tout au fond, dans un reculement formidable, par-dessus des plaines et des villages, on entrevoyait une sombre verdure de forêts.

Le soleil commençait à brûler les visages ; la poussière emplissait les yeux continuellement, et, des deux côtés de la route, se développait une campagne interminablement nue, sale et puante. On eût dit qu'une lèpre l'avait ravagée, qui rongeait jusqu'aux maisons, car des squelettes de bâtiments défoncés et abandonnés, ou bien des petites cabanes inachevées faute de paiement aux entrepreneurs, tendaient leurs quatre murs sans toit.

De loin en loin, poussaient dans le sol stérile de longues cheminées de fabrique, seule végétation de ces champs putrides où la brise du printemps promenait un parfum de pétrole et de schiste mêlé à une autre odeur moins agréable encore.

Enfin, on avait traversé la Seine une seconde fois, et, sur le pont, ç'avait été un ravissement. La rivière éclatait de lumière ; une buée s'en élevait, pompée par le soleil, et l'on éprouvait une quiétude douce, un rafraîchissement bienfaisant à respirer enfin un air plus pur qui n'avait point balayé la fumée noire des usines ou les miasmes des dépotoirs.

Un homme qui passait avait nommé le pays : Bezons.

La voiture s'arrêta, et M. Dufour se mit à lire l'enseigne engageante d'une gargote : « *Restaurant Poulin, matelotes et fritures, cabinets de société, bosquets et balançoires.* Eh bien ! madame Dufour, cela te va-t-il ? Te décideras-tu à la fin ? »

La femme lut à son tour : « *Restaurant Poulin, matelotes et fritures, cabinets de société, bosquets et balançoires.* » Puis elle regarda la maison longuement.

C'était une auberge de campagne, blanche, plantée au bord de la route. Elle montrait, par la porte ouverte, le zinc brillant du comptoir devant lequel se tenaient deux ouvriers endimanchés.

A la fin, Mme Dufour se décida : « Oui, c'est bien, dit-elle ; et puis il y a de la vue. » La voiture entra dans un vaste terrain planté de grands arbres qui s'étendait derrière l'auberge et qui n'était séparé de la Seine que par le chemin de halage.

Alors on descendit. Le mari sauta le premier, puis ouvrit les bras pour recevoir sa femme. Le marchepied, tenu par deux branches de fer, était très loin, de sorte que, pour l'atteindre, Mme Dufour dut laisser voir le bas d'une jambe dont la finesse primitive disparaissait à présent sous un envahissement de graisse tombant des cuisses.

M. Dufour, que la campagne émoustillait déjà, lui pinça vivement le mollet, puis, la prenant sous les bras, la déposa lourdement à terre, comme un énorme paquet.

Elle tapa avec la main sa robe de soie pour en faire tomber la poussière, puis regarda l'endroit où elle se trouvait.

C'était une femme de trente-six ans environ, forte en chair, épanouie et réjouissante à voir. Elle respirait avec peine, étranglée violemment par l'étreinte de son corset trop serré ; et la pression de cette machine rejetait jusque dans son double men-

ton la masse fluctuante de sa poitrine surabon-
dante.

La jeune fille ensuite, posant la main sur l'épaule
de son père, sauta légèrement toute seule. Le
garçon aux cheveux jaunes était descendu en met-
tant un pied sur la roue, et il aida M. Dufour à
décharger la grand-mère.

Alors on détela le cheval, qui fut attaché à un
arbre ; et la voiture tomba sur le nez, les deux
brancards à terre. Les hommes, ayant retiré leurs
redingotes, se lavèrent les mains dans un seau
d'eau, puis rejoignirent leurs dames installées déjà
sur les escarpolettes.

Mlle Dufour essayait de se balancer debout, toute
seule, sans parvenir à se donner un élan suffisant.
C'était une belle fille de dix-huit à vingt ans ; une
de ces femmes dont la rencontre dans la rue vous
fouette d'un désir subit, et vous laisse jusqu'à la
nuit une inquiétude vague et un soulèvement des
sens. Grande, mince de taille et large des hanches,
elle avait la peau très brune, les yeux très grands,
les cheveux très noirs. Sa robe dessinait nettement
les plénitudes fermes de sa chair qu'accentuaient
encore les efforts des reins qu'elle faisait pour
s'enlever. Ses bras tendus tenaient les cordes au-
dessus de sa tête, de sorte que sa poitrine se
dressait, sans une secousse, à chaque impulsion
qu'elle donnait. Son chapeau, emporté par un coup
de vent, était tombé derrière elle ; et l'escarpolette
peu à peu se lançait, montrant à chaque retour ses
jambes fines jusqu'au genou, et jetant à la figure
des deux hommes, qui la regardaient en riant, l'air
de ses jupes, plus capiteux que les vapeurs du
vin.

Assise sur l'autre balançoire, Mme Dufour gémissait d'une façon monotone et continue : « Cyprien,
viens me pousser ; viens donc me pousser,

Cyprien ! » A la fin, il y alla et, ayant retroussé les manches de sa chemise, comme avant d'entreprendre un travail, il mit sa femme en mouvement avec une peine infinie.

Cramponnée aux cordes, elle tenait ses jambes droites, pour ne point rencontrer le sol, et elle jouissait d'être étourdie par le va-et-vient de la machine. Ses formes, secouées, tremblotaient continuellement comme de la gelée sur un plat. Mais, comme les élans grandissaient, elle fut prise de vertige et de peur. A chaque descente, elle poussait un cri perçant qui faisait accourir tous les gamins du pays ; et, là-bas, devant elle, au-dessus de la haie du jardin, elle apercevait vaguement une garniture de têtes polissonnes que des rires faisaient grimacer diversement.

Une servante étant venue, on commanda le déjeuner.

« Une friture de Seine, un lapin sauté, une salade et du dessert », articula Mme Dufour, d'un air important. « Vous apporterez deux litres et une bouteille de bordeaux », dit son mari. « Nous dînerons sur l'herbe », ajouta la jeune fille.

La grand-mère, prise de tendresse à la vue du chat de la maison, le poursuivait depuis dix minutes en lui prodiguant inutilement les plus douces appellations. L'animal, intérieurement flatté sans doute de cette attention, se tenait toujours tout près de la main de la bonne femme, sans se laisser atteindre cependant, et faisait tranquillement le tour des arbres, contre lesquels il se frottait, la queue dressée, avec un petit ronron de plaisir.

« Tiens ! cria tout à coup le jeune homme aux cheveux jaunes qui furetait dans le terrain, en voilà des bateaux qui sont chouet ! » On alla voir. Sous un petit hangar en bois étaient suspendues deux superbes yoles de canotiers, fines et travaillées comme des meubles de luxe. Elles reposaient côte à côte, pareilles à deux grandes filles minces, en leur longueur étroite et reluisante, et donnaient envie de filer sur l'eau par les belles soirées douces ou les claires matinées d'été, de raser les berges fleuries où des arbres entiers trempent leurs branches dans l'eau, où tremblote l'éternel frisson des roseaux et d'où s'envolent, comme des éclairs bleus, de rapides martins-pêcheurs.

Toute la famille, avec respect, les contemplait. « Oh ! ça oui, c'est chouet », répéta gravement M. Dufour. Et il les détaillait en connaisseur. Il avait canoté, lui aussi, dans son jeune temps, disait-il ; voire même qu'avec ça dans la main — et il faisait le geste de tirer sur les avirons — il se fichait de tout le monde. Il avait rossé en course plus d'un Anglais, jadis, à Joinville ; et il plaisanta sur le mot « dames », dont on désigne les deux montants qui retiennent les avirons, disant que les canotiers, et pour cause, ne sortaient jamais sans leurs dames. Il s'échauffait en pérorant et proposait obstinément de parier qu'avec un bateau comme ça, il ferait six lieues à l'heure sans se presser.

« C'est prêt », dit la servante qui apparut à l'entrée. On se précipita ; mais voilà qu'à la meilleure place, qu'en son esprit Mme Dufour avait choisie pour s'installer, deux jeunes gens déjeunaient déjà. C'étaient les propriétaires des yoles, sans doute, car ils portaient le costume des canotiers.

Ils étaient étendus sur des chaises, presque couchés. Ils avaient la face noircie par le soleil et la poitrine couverte seulement d'un mince maillot de coton blanc qui laissait passer leurs bras nus, robustes comme ceux des forgerons. C'étaient deux solides gaillards, posant beaucoup pour la vigueur, mais qui montraient en tous leurs mouvements cette grâce élastique des membres qu'on acquiert par l'exercice, si différente de la déformation qu'imprime à l'ouvrier l'effort pénible, toujours le même.

Ils échangèrent rapidement un sourire en voyant la mère, puis un regard en apercevant la fille. « Donnons notre place, dit l'un, ça nous fera faire connaissance. » L'autre aussitôt se leva et, tenant à la main sa toque mi-partie rouge et mi-partie noire, il offrit chevaleresquement de céder aux dames le seul endroit du jardin où ne tombât point le soleil. On accepta en se confondant en excuses ; et pour que ce fût plus champêtre, la famille s'installa sur l'herbe sans table ni sièges.

Les deux jeunes gens portèrent leur couvert quelques pas plus loin et se remirent à manger. Leurs bras nus, qu'ils montraient sans cesse, gênaient un peu la jeune fille. Elle affectait même de tourner la tête et de ne point les remarquer, tandis que Mme Dufour, plus hardie, sollicitée par une curiosité féminine qui était peut-être du désir, les regardait à tout moment, les comparant sans doute avec regret aux laideurs secrètes de son mari.

Elle s'était éboulée sur l'herbe, les jambes pliées à la façon des tailleurs, et elle se trémoussait continuellement, sous prétexte que des fourmis lui étaient entrées quelque part. M. Dufour, rendu maussade par la présence et l'amabilité des étrangers, cherchait une position commode qu'il ne trouva pas du reste, et le jeune homme aux cheveux jaunes mangeait silencieusement comme un ogre.

« Un bien beau temps, monsieur », dit la grosse dame à l'un des canotiers. Elle voulait être aimable à cause de la place qu'ils avaient cédée. « Oui, madame, répondit-il ; venez-vous souvent à la campagne ?

— Oh ! une fois ou deux par an seulement, pour prendre l'air ; et vous, monsieur ?

— J'y viens coucher tous les soirs.

— Ah ! ça doit être bien agréable ?

— Oui, certainement, madame. »

Et il raconta sa vie de chaque jour, poétiquement, de façon à faire vibrer dans le cœur de ces bourgeois privés d'herbe et affamés de promenades aux champs cet amour bête de la nature qui les hante toute l'année derrière le comptoir de leur boutique.

La jeune fille, émue, leva les yeux et regarda le canotier. M. Dufour parla pour la première fois. « Ça, c'est une vie », dit-il. Il ajouta : « Encore un peu de lapin, ma bonne. — Non, merci, mon ami. »

Elle se tourna de nouveau vers les jeunes gens, et montrant leurs bras : « Vous n'avez jamais froid comme ça ? » dit-elle.

Ils se mirent à rire tous les deux, et ils épouvantèrent la famille par le récit de leurs fatigues prodigieuses, de leurs bains pris en sueur, de leurs courses dans le brouillard des nuits ; et ils tapèrent violemment sur leur poitrine pour montrer quel son ça rendait. « Oh ! vous avez l'air solides », dit le mari qui ne parlait plus du temps où il rossait les Anglais.

La jeune fille les examinait de côté maintenant ; et le garçon aux cheveux jaunes, ayant bu de travers, toussa éperdument, arrosant la robe en soie cerise de la patronne qui se fâcha et fit apporter de l'eau pour laver les taches.

Cependant, la température devenait terrible. Le fleuve étincelant semblait un foyer de chaleur, et les fumées du vin troublaient les têtes.

M. Dufour, que secouait un hoquet violent, avait déboutonné son gilet et le haut de son pantalon ;

tandis que sa femme, prise de suffocations, dégrafait sa robe peu à peu. L'apprenti balançait d'un air gai sa tignasse de lin et se versait à boire coup sur coup. La grand-mère, se sentant grise, se tenait fort raide et fort digne. Quant à la jeune fille, elle ne laissait rien paraître ; son œil seul s'allumait vaguement, et sa peau très brune se colorait aux joues d'une teinte plus rose.

Le café les acheva. On parla de chanter et chacun dit son couplet, que les autres applaudirent avec frénésie. Puis on se leva difficilement, et, pendant que les deux femmes, étourdies, respiraient, les deux hommes, tout à fait pochards, faisaient de la gymnastique. Lourds, flasques, et la figure écarlate, ils se penchaient gauchement aux anneaux sans parvenir à s'enlever ; et leurs chemises menaçaient continuellement d'évacuer leurs pantalons pour battre au vent comme des étendards.

Cependant les canotiers avaient mis leurs yoles à l'eau, et ils revenaient avec politesse proposer aux dames une promenade sur la rivière.

« Monsieur Dufour, veux-tu ? je t'en prie ! » cria sa femme. Il la regarda d'un air d'ivrogne, sans comprendre. Alors un canotier s'approcha, deux lignes de pêcheur à la main. L'espérance de prendre du goujon, cet idéal des boutiquiers, alluma les yeux mornes du bonhomme, qui permit tout ce qu'on voulut, et s'installa à l'ombre, sous le pont, les pieds ballants au-dessus du fleuve, à côté du jeune homme aux cheveux jaunes qui s'endormit auprès de lui.

Un des canotiers se dévoua : il prit la mère. « Au petit bois de l'île aux Anglais ! » cria-t-il en s'éloignant.

L'autre yole s'en alla plus doucement. Le rameur regardait tellement sa compagne qu'il ne pensait plus à autre chose, et une émotion l'avait saisi qui paralysait sa vigueur.

La jeune fille, assise dans le fauteuil du barreur, se laissait aller à la douceur d'être sur l'eau. Elle se sentait prise d'un renoncement de pensée, d'une quiétude de ses membres, d'un abandonnement d'elle-même, comme envahie par une ivresse multiple. Elle était devenue fort rouge avec une respiration courte. Les étourdissements du vin, développés par la chaleur torrentielle qui ruisselait autour d'elle, faisaient saluer sur son passage tous les arbres de la berge. Un besoin vague de jouissance, une fermentation du sang parcouraient sa chair excitée par les ardeurs de ce jour ; et elle était aussi troublée dans ce tête-à-tête sur l'eau, au milieu de ce pays dépeuplé par l'incendie du ciel, avec ce jeune homme qui la trouvait belle, dont l'œil lui baisait la peau, et dont le désir était pénétrant comme le soleil.

Leur impuissance à parler augmentait leur émotion, et ils regardaient les environs. Alors, faisant un effort, il lui demanda son nom. « Henriette », dit-elle. « Tiens ! moi je m'appelle Henri », reprit-il.

Le son de leur voix les avait calmés ; ils s'intéressèrent à la rive. L'autre yole s'était arrêtée et paraissait les attendre. Celui qui la montait cria : « Nous vous rejoindrons dans le bois ; nous allons jusqu'à Robinson, parce que Madame a soif. » Puis il se coucha sur les avirons et s'éloigna si rapidement qu'on cessa bientôt de le voir.

Cependant un grondement continu qu'on distinguait vaguement depuis quelque temps s'approchait très vite. La rivière elle-même semblait frémir comme si le bruit sourd montait de ses profondeurs.

« Qu'est-ce qu'on entend ? » demanda-t-elle. C'était la chute du barrage qui coupait le fleuve en deux à la pointe de l'île. Lui se perdait dans une explication, lorsque, à travers le fracas de la cascade, un chant d'oiseau qui semblait très lointain les frappa. « Tiens, dit-il, les rossignols chantent dans le jour : c'est donc que les femelles couvent. »

Un rossignol ! Elle n'en avait jamais entendu, et l'idée d'en écouter un fit se lever dans son cœur la vision des poétiques tendresses. Un rossignol ! c'est-à-dire l'invisible témoin des rendez-vous d'amour qu'invoquait Juliette sur son balcon ; cette musique du ciel accordée aux baisers des hommes ; cet éternel inspirateur de toutes les romances langoureuses qui ouvrent un idéal bleu aux pauvres petits cœurs des fillettes attendries !

Elle allait donc entendre un rossignol.

« Ne faisons pas de bruit, dit son compagnon, nous pourrons descendre dans le bois et nous asseoir tout près de lui. »

La yole semblait glisser. Des arbres se montrèrent sur l'île, dont la berge était si basse que les yeux plongeaient dans l'épaisseur des fourrés. On s'arrêta ; le bateau fut attaché ; et, Henriette s'appuyant sur le bras de Henri, ils s'avancèrent entre les branches. « Courbez-vous », dit-il. Elle se courba, et ils pénétrèrent dans un inextricable fouillis de lianes, de feuilles et de roseaux, dans un asile introuvable qu'il fallait connaître et que le jeune homme appelait en riant « son cabinet particulier ».

Juste au-dessus de leur tête, perché dans un des arbres qui les abritaient, l'oiseau s'égosillait toujours. Il lançait des trilles et des roulades, puis filait de grands sons vibrants qui emplissaient l'air et semblaient se perdre à l'horizon, se déroulant le long du fleuve et s'envolant au-dessus des plaines, à travers le silence de feu qui appesantissait la campagne.

Ils ne parlaient pas de peur de le faire fuir. Ils étaient assis l'un près de l'autre, et, lentement, le bras de Henri fit le tour de la taille de Henriette et l'enserra d'une pression douce. Elle prit, sans colère, cette main audacieuse, et elle l'éloignait sans cesse à mesure qu'il la rapprochait, n'éprouvant du reste aucun embarras de cette caresse, comme si c'eût été une chose toute naturelle qu'elle repoussait aussi naturellement.

Elle écoutait l'oiseau, perdue dans une extase. Elle avait des désirs infinis de bonheur, des tendresses brusques qui la traversaient, des révélations de poésies surhumaines, et un tel amollissement des nerfs et du cœur, qu'elle pleurait sans savoir pourquoi. Le jeune homme la serrait contre lui maintenant ; elle ne le repoussait plus, n'y pensant pas.

Le rossignol se tut soudain. Une voix éloignée cria : « Henriette !

— Ne répondez point, dit-il tout bas, vous feriez envoler l'oiseau. »

Elle ne songeait guère non plus à répondre.

Ils restèrent quelque temps ainsi. Mme Dufour s'était assise quelque part, car on entendait vaguement, de temps en temps, les petits cris de la grosse dame que lutinait sans doute l'autre canotier.

La jeune fille pleurait toujours, pénétrée de sensations très douces, la peau chaude et piquée partout de chatouillements inconnus. La tête de Henri était sur son épaule ; et, brusquement, il la baisa sur les lèvres. Elle eut une révolte furieuse et, pour l'éviter, se rejeta sur le dos. Mais il s'abattit sur elle, la couvrant de tout son corps. Il poursuivit longtemps cette bouche qui le fuyait, puis, la joignant, y attacha la sienne. Alors, affolée par un désir formidable, elle lui rendit son baiser en l'étreignant sur sa poitrine, et toute sa résistance tomba comme écrasée par un poids trop lourd.

Tout était calme aux environs. L'oiseau se remit à chanter. Il jeta d'abord trois notes pénétrantes qui semblaient un appel d'amour, puis, après un silence d'un moment, il commença d'une voix affaiblie des modulations très lentes.

Une brise molle glissa, soulevant un murmure de feuilles, et dans la profondeur des branches passaient deux soupirs ardents qui se mêlaient au chant du rossignol et au souffle léger du bois.

Une ivresse envahissait l'oiseau, et sa voix, s'accélérant peu à peu comme un incendie qui s'allume ou une passion qui grandit, semblait accompagner sous l'arbre un crépitement de baisers. Puis le délire de son gosier se déchaînait éperdument. Il avait des pâmoisons prolongées sur un trait, de grands spasmes mélodieux.

Quelquefois il se reposait un peu, filant seulement deux ou trois sons légers qu'il terminait soudain par une note suraiguë. Ou bien il partait d'une course affolée, avec des jaillissements de gammes, des frémissements, des saccades, comme un chant d'amour furieux, suivi par des cris de triomphe.

Mais il se tut, écoutant sous lui un gémissement tellement profond qu'on l'eût pris pour l'adieu d'une âme. Le bruit s'en prolongea quelque temps et s'acheva dans un sanglot.

Ils étaient bien pâles, tous les deux, en quittant leur lit de verdure. Le ciel bleu leur paraissait obscurci ; l'ardent soleil était éteint pour leurs yeux ; ils s'apercevaient de la solitude et du silence. Ils marchaient rapidement l'un près de l'autre, sans se parler, sans se toucher, car ils semblaient devenus ennemis irréconciliables, comme si un dégoût se fût élevé entre leurs corps, une haine entre leurs esprits.

De temps à autre, Henriette criait : « Maman ! »

Un tumulte se fit sous un buisson. Henri crut voir une jupe blanche qu'on rabattait vite sur un gros mollet ; et l'énorme dame apparut, un peu confuse et plus rouge encore, l'œil très brillant et la poitrine orageuse, trop près peut-être de son voisin. Celui-ci devait avoir vu des choses bien drôles, car sa figure était sillonnée de rires subits qui la traversaient malgré lui.

Mme Dufour prit son bras d'un air tendre, et l'on regagna les bateaux. Henri, qui marchait devant, toujours muet à côté de la jeune fille, crut distinguer tout à coup comme un gros baiser qu'on étouffait.

Enfin l'on revint à Bezons.

M. Dufour, dégrisé, s'impatientait. Le jeune homme aux cheveux jaunes mangeait un morceau avant de quitter l'auberge. La voiture était attelée dans la cour, et la grand-mère, déjà montée, se désolait parce qu'elle avait peur d'être prise par la nuit dans la plaine, les environs de Paris n'étant pas sûrs.

On se donna des poignées de main, et la famille Dufour s'en alla. « Au revoir ! » criaient les canotiers. Un soupir et une larme leur répondirent.

Deux mois après, comme il passait rue des Martyrs, Henri lut sur une porte : *Dufour, quincaillier.*

Il entra.

La grosse dame s'arrondissait au comptoir. On se reconnut aussitôt, et, après mille politesses, il demanda des nouvelles. « Et Mlle Henriette, comment va-t-elle ?

— Très bien, merci, elle est mariée.

— Ah !... »

Une émotion l'étreignit ; il ajouta :

« Et... avec qui ?

— Mais avec le jeune homme qui nous accompagnait, vous savez bien ; c'est lui qui prend la suite.

— Oh ! parfaitement. »

Il s'en allait fort triste, sans trop savoir pourquoi. Mme Dufour le rappela.

« Et votre ami ? dit-elle timidement.

— Mais il va bien.

— Faites-lui nos compliments, n'est-ce pas ; et quand il passera, dites-lui donc de venir nous voir... »

Elle rougit fort, puis ajouta : « Ça me fera bien plaisir ; dites-lui.

— Je n'y manquerai pas. Adieu !

— Non... à bientôt ! »

L'année suivante, un dimanche qu'il faisait très chaud, tous les détails de cette aventure, que Henri n'avait jamais oubliée, lui revinrent subitement, si nets et si désirables, qu'il retourna tout seul à leur chambre dans le bois.

Il fut stupéfait en entrant. Elle était là, assise sur l'herbe, l'air triste, tandis qu'à son côté, toujours en manches de chemise, son mari, le jeune homme aux cheveux jaunes, dormait consciencieusement comme une brute.

Elle devint si pâle en voyant Henri qu'il crut qu'elle allait défaillir. Puis ils se mirent à causer naturellement, de même que si rien ne se fût passé entre eux.

Mais comme il lui racontait qu'il aimait beaucoup cet endroit et qu'il y venait souvent se reposer, le dimanche, en songeant à bien des souvenirs, elle le regarda longuement dans les yeux.

« Moi, j'y pense tous les soirs, dit-elle.

— Allons, ma bonne, reprit en bâillant son mari, je crois qu'il est temps de nous en aller. »

AU PRINTEMPS

Lorsque les premiers beaux jours arrivent, que la terre s'éveille et reverdit, que la tiédeur parfumée de l'air nous caresse la peau, entre dans la poitrine, semble pénétrer au cœur lui-même, il nous vient des désirs vagues de bonheurs indéfinis, des envies de courir, d'aller au hasard, de chercher aventure, de boire du printemps.

L'hiver ayant été fort dur l'an dernier, ce besoin d'épanouissement fut, au mois de mai, comme une ivresse qui m'envahit, une poussée de sève débordante.

Or, en m'éveillant un matin, j'aperçus par ma fenêtre, au-dessus des maisons voisines, la grande nappe bleue du ciel tout enflammée de soleil. Les serins accrochés aux fenêtres s'égosillaient ; les bonnes chantaient à tous les étages ; une rumeur gaie montait de la rue ; et je sortis, l'esprit en fête, pour aller je ne sais où.

Les gens qu'on rencontrait souriaient ; un souffle de bonheur flottait partout dans la lumière chaude du printemps revenu. On eût dit qu'il y avait là sur la ville une brise d'amour épandue ; et les jeunes femmes qui passaient en toilette du matin, portant dans les yeux comme une tendresse cachée et une grâce plus molle dans la démarche, m'emplissaient le cœur de trouble.

Sans savoir comment, sans savoir pourquoi, j'arrivai au bord de la Seine. Des bateaux à vapeur filaient vers Suresnes, et il me vint soudain une envie démesurée de courir à travers les bois.

Le pont de la *Mouche* était couvert de passagers, car le premier soleil vous tire, malgré vous, du logis, et tout le monde remue, va, vient, cause avec le voisin.

C'était une voisine que j'avais ; une petite ouvrière sans doute, avec une grâce toute parisienne, une mignonne tête blonde sous des cheveux bouclés aux tempes ; des cheveux qui semblaient une lumière frisée, descendaient à l'oreille, couraient jusqu'à la nuque, dansaient au vent, puis devenaient, plus bas, un duvet si fin, si léger, si blond, qu'on le voyait à peine, mais qu'on éprouvait une irrésistible envie de mettre là une foule de baisers.

Sous l'insistance de mon regard, elle tourna la tête vers moi, puis baissa brusquement les yeux, tandis qu'un pli léger, comme un sourire prêt à naître, enfonçant un peu le coin de sa bouche, faisait apparaître aussi là ce fin duvet soyeux et pâle que le soleil dorait un peu.

La rivière calme s'élargissait. Une paix chaude planait dans l'atmosphère, et un murmure de vie semblait emplir l'espace. Ma voisine releva les yeux, et, cette fois, comme je la regardais toujours, elle sourit décidément. Elle était charmante ainsi, et dans son regard fuyant mille choses m'apparurent, mille choses ignorées jusqu'ici. J'y vis des profondeurs inconnues, tout le charme des tendresses, toute la poésie que nous rêvons, tout le bonheur que nous cherchons sans fin. Et j'avais un désir fou d'ouvrir les bras, de l'emporter quelque part pour lui murmurer à l'oreille la suave musique des paroles d'amour.

J'allais ouvrir la bouche et l'aborder, quand quelqu'un me toucha l'épaule. Je me retournai, surpris, et j'aperçus un homme d'aspect ordinaire, ni jeune ni vieux, qui me regardait d'un air triste.

« Je voudrais vous parler », dit-il.

Je fis une grimace qu'il vit sans doute, car il ajouta : « C'est important. »

Je me levai et le suivis à l'autre bout du bateau : « Monsieur, reprit-il, quand l'hiver approche avec les froids, la pluie et la neige, votre médecin vous dit chaque jour : « Tenez-vous les pieds bien « chauds, gardez-vous des refroidissements, des « rhumes, des bronchites, des pleurésies. » Alors vous prenez mille précautions, vous portez de la flanelle, des pardessus épais, des gros souliers, ce qui ne vous empêche pas toujours de passer deux mois au lit. Mais quand revient le printemps avec ses feuilles et ses fleurs, ses brises chaudes et amollissantes, ses exhalaisons des champs qui vous apportent des troubles vagues, des attendrissements sans cause, il n'est personne qui vienne vous dire : « Monsieur, prenez garde à l'amour ! Il est « embusqué partout ; il vous guette à tous les « coins ; toutes ses ruses sont tendues, toutes ses « armes aiguisées, toutes ses perfidies préparées ! « Prenez garde à l'amour !... Prenez garde à l'amour ! « Il est plus dangereux que le rhume, la bronchite « ou la pleurésie ! Il ne pardonne pas, et fait com- « mettre à tout le monde des bêtises irréparables. » Oui, monsieur, je dis que, chaque année, le gouvernement devrait faire mettre sur les murs de grandes affiches avec ces mots : « *Retour du printemps. Citoyens français, prenez garde à l'amour* » ; de même qu'on écrit sur la porte des maisons : « Prenez garde à la peinture ! » Eh bien, puisque le gouvernement ne le fait pas, moi je le remplace, et je vous dis : « Prenez garde à l'amour ; il est en train de « vous pincer, et j'ai le devoir de vous prévenir « comme on prévient, en Russie, un passant dont le « nez gèle. »

Je demeurais stupéfait devant cet étrange particulier, et, prenant un air digne : « Enfin, monsieur, vous me paraissez vous mêler de ce qui ne vous regarde guère. »

Il fit un mouvement brusque, et répondit : « Oh ! monsieur ! monsieur ! si je m'aperçois qu'un homme va se noyer dans un endroit dangereux, il faut donc le laisser périr ? Tenez, écoutez mon histoire, et vous comprendrez pourquoi j'ose vous parler ainsi.

« C'était l'an dernier, à pareille époque. Je dois vous dire, d'abord, monsieur, que je suis employé au ministère de la Marine, où nos chefs, les commissaires, prennent au sérieux leurs galons d'officiers plumitifs pour nous traiter comme des gabiers. — Ah ! si tous les chefs étaient civils, — mais je passe. — Donc j'apercevais de mon bureau un petit bout de ciel tout bleu où volaient des hirondelles ; et il me venait des envies de danser au milieu de mes cartons noirs.

« Mon désir de liberté grandit tellement, que, malgré ma répugnance, j'allai trouver mon singe. C'était un petit grincheux toujours en colère. Je me dis malade. Il me regarda dans le nez et cria : « Je « n'en crois rien, monsieur. Enfin, allez-vous-en ! « Pensez-vous qu'un bureau peut marcher avec des « employés pareils ? »

« Mais je filai, je gagnai la Seine. Il faisait un temps comme aujourd'hui ; et je pris la *Mouche* pour faire un tour à Saint-Cloud.

« Ah ! monsieur ! comme mon chef aurait dû m'en refuser la permission !

« Il me sembla que je me dilatais sous le soleil. J'aimais tout, le bateau, la rivière, les arbres, les maisons, mes voisins, tout. J'avais envie d'embrasser quelque chose, n'importe quoi : c'était l'amour qui préparait son piège.

« Tout à coup, au Trocadéro, une jeune fille monta avec un petit paquet à la main, et elle s'assit en face de moi.

« Elle était jolie, oui, monsieur ; mais c'est étonnant comme les femmes vous semblent mieux quand il fait beau, au premier printemps : elles ont un capiteux, un charme, un je ne sais quoi tout particulier. C'est absolument comme du vin qu'on boit après le fromage.

« Je la regardais, et elle aussi elle me regardait — mais seulement de temps en temps, comme la vôtre tout à l'heure. Enfin, à force de nous considérer, il me sembla que nous nous connaissions assez pour entamer conversation, et je lui parlai. Elle répondit. Elle était gentille comme tout, décidément. Elle me grisait, mon cher monsieur !

« A Saint-Cloud, elle descendit — je la suivis. — Elle allait livrer une commande. Quand elle reparut, le bateau venait de partir. Je me mis à marcher à côté d'elle, et la douceur de l'air nous arrachait des soupirs à tous les deux.

« — Il ferait bien bon dans les bois », lui dis-je.

« Elle répondit : « Oh ! oui !

« — Si nous allions y faire un tour, voulez-vous, mademoiselle ? »

« Elle me guetta en dessous d'un coup d'œil rapide comme pour bien apprécier ce que je valais, puis, après avoir hésité quelque temps, elle accepta. Et nous voilà côte à côte au milieu des arbres. Sous le feuillage un peu grêle encore, l'herbe, haute, drue, d'un vert luisant, comme vernie, était inondée de soleil et pleine de petites bêtes qui s'aimaient aussi. On entendait partout des chants d'oiseaux. Alors ma compagne se mit à courir en gambadant, enivrée d'air et d'effluves champêtres. Et moi je courais derrière en sautant comme elle. Est-on bête, monsieur, par moments !

« Puis elle chanta éperdument mille choses, des airs d'opéra, la chanson de Musette ! La chanson de Musette ! comme elle me sembla poétique alors !... Je pleurais presque. Oh ! ce sont toutes ces balivernes-là qui nous troublent la tête ; ne prenez jamais, croyez-moi, une femme qui chante à la campagne, surtout si elle chante la chanson de Musette !

« Elle fut bientôt fatiguée et s'assit sur un talus vert. Moi, je me mis à ses pieds, et je lui saisis les mains, ses petites mains poivrées de coups d'aiguille ; et cela m'attendrit. Je me disais : « Voici les saintes marques du travail. » — Oh ! monsieur, monsieur, savez-vous ce qu'elles signifient, les saintes marques du travail ? Elles veulent dire tous les commérages de l'atelier, les polissonneries chuchotées, l'esprit souillé par toutes les ordures racontées, la chasteté perdue, toute la sottise des bavardages, toute la misère des habitudes quotidiennes, toute l'étroitesse des idées propres aux femmes du commun, installées souverainement dans celle qui porte au bout des doigts les saintes marques du travail.

« Puis nous nous sommes regardés dans les yeux longuement.

« Oh ! cet œil de la femme, quelle puissance il a ! Comme il trouble, envahit, possède, domine ! Comme il semble profond, plein de promesses, d'infini ! On appelle cela se regarder dans l'âme ! Oh ! monsieur, quelle blague ! Si l'on y voyait, dans l'âme, on serait plus sage, allez.

166

« Enfin, j'étais emballé, fou. Je voulus la prendre dans mes bras. Elle me dit : « A bas les pattes ! »

« Alors je m'agenouillai près d'elle et j'ouvris mon cœur ; je versai sur ses genoux toutes les tendresses qui m'étouffaient. Elle parut étonnée de mon changement d'allure, et me considéra d'un regard oblique comme si elle se fût dit : « Ah ! c'est comme ça « qu'on joue de toi, mon bon ; eh bien ! nous allons « voir. »

« En amour, monsieur, nous sommes toujours des naïfs, et les femmes des commerçantes.

« J'aurais pu la posséder, sans doute ; j'ai compris plus tard ma sottise, mais ce que je cherchais, moi, ce n'était pas un corps ; c'était de la tendresse, de l'idéal. J'ai fait du sentiment quand j'aurais dû mieux employer mon temps.

« Dès qu'elle en eut assez de mes déclarations, elle se leva ; et nous revînmes à Saint-Cloud. Je ne la quittai qu'à Paris. Elle avait l'air si triste depuis notre retour que je l'interrogeai. Elle répondit : « Je pense que voilà des journées comme on n'en a « pas beaucoup dans sa vie. » Mon cœur battait à me défoncer la poitrine.

« Je la revis le dimanche suivant, et encore le dimanche d'après, et tous les autres dimanches. Je l'emmenai à Bougival, Saint-Germain, Maisons-Laffitte, Poissy ; partout où se déroulent les amours de banlieue.

« La petite coquine, à son tour, me « la faisait à la passion ».

« Je perdis enfin tout à fait la tête, et, trois mois après, je l'épousai.

« Que voulez-vous, monsieur, on est employé, seul, sans famille, sans conseils ! On se dit que la vie serait douce avec une femme ! Et on l'épouse, cette femme !

« Alors, elle vous injurie du matin au soir, ne

comprend rien, ne sait rien, jacasse sans fin, chante à tue-tête la chanson de Musette (oh ! la chanson de Musette, quelle scie !), se bat avec le charbonnier, raconte à la concierge les intimités de son ménage, confie à la bonne du voisin tous les secrets de l'alcôve, débine son mari chez les fournisseurs, et a la tête farcie d'histoires si stupides, de croyances si idiotes, d'opinions si grotesques, de préjugés si prodigieux, que je pleure de découragement, monsieur, toutes les fois que je cause avec elle. »

Il se tut, un peu essoufflé et très ému. Je le regardais, pris de pitié pour ce pauvre diable naïf, et j'allais lui répondre quelque chose, quand le bateau s'arrêta. On arrivait à Saint-Cloud.

La petite femme qui m'avait troublé se leva pour descendre. Elle passa près de moi en me jetant un coup d'œil de côté avec un sourire furtif, un de ces sourires qui vous affolent ; puis elle sauta sur le ponton.

Je m'élançai pour la suivre, mais mon voisin me saisit par la manche. Je me dégageai d'un mouvement brusque ; il m'empoigna par les pans de ma redingote, et il me tirait en arrière en répétant : « Vous n'irez pas ! vous n'irez pas ! » d'une voix si haute, que tout le monde se retourna.

Un rire courut autour de nous, et je demeurai immobile, furieux, mais sans audace devant le ridicule et le scandale.

Et le bateau repartit.

La petite femme, restée sur le ponton, me regardait m'éloigner d'un air désappointé, tandis que mon persécuteur me soufflait dans l'oreille en se frottant les mains[1] :

« Je vous ai rendu là un rude service, allez. »

LA FEMME DE PAUL

Le restaurant Grillon, ce phalanstère des canotiers, se vidait lentement. C'était, devant la porte, un tumulte de cris, d'appels ; et les grands gaillards en maillot blanc gesticulaient avec des avirons sur l'épaule.

Les femmes, en claire toilette de printemps, embarquaient avec précaution dans les yoles, et, s'asseyant à la barre, disposaient leurs robes, tandis que le maître de l'établissement, un fort garçon à barbe rousse, d'une vigueur célèbre, donnait la main aux belles-petites en maintenant d'aplomb les frêles embarcations.

Les rameurs prenaient place à leur tour, bras nus et la poitrine bombée, posant pour la galerie, une galerie composée de bourgeois endimanchés, d'ouvriers et de soldats accoudés sur la balustrade du pont et très attentifs à ce spectacle.

Les bateaux, un à un, se détachaient du ponton. Les tireurs se penchaient en avant, puis se renversaient d'un mouvement régulier ; et, sous l'impulsion des longues rames recourbées, les yoles rapides glissaient sur la rivière, s'éloignaient, diminuaient, disparaissaient enfin sous l'autre pont, celui du chemin de fer, en descendant vers la *Grenouillère*.

Un couple seul était resté. Le jeune homme, presque imberbe encore, mince, le visage pâle, tenait par la taille sa maîtresse, une petite brune maigre avec des allures de sauterelle ; et ils se regardaient parfois au fond des yeux.

Le patron cria : « Allons, monsieur Paul, dépêchez-vous. » Et ils s'approchèrent.

De tous les clients de la maison, M. Paul était le plus aimé et le plus respecté. Il payait bien et régulièrement, tandis que les autres se faisaient longtemps tirer l'oreille à moins qu'ils ne disparussent, insolvables. Puis il constituait pour l'établissement une sorte de réclame vivante, car son père était sénateur. Et quand un étranger demandait : « Qui est-ce donc ce petit-là, qui en tient si fort pour sa donzelle ? » quelque habitué répondait à mi-voix, d'un air important et mystérieux : « C'est Paul Baron, vous savez ? le fils du sénateur. » Et l'autre, invariablement, ne pouvait s'empêcher de dire : « Le pauvre diable ! il n'est pas à moitié pincé. »

La mère Grillon, une brave femme, entendue au commerce, appelait le jeune homme et sa compagne : « ses deux tourtereaux », et semblait tout attendrie par cet amour avantageux pour sa maison.

Le couple s'en venait à petits pas ; la yole *Madeleine* était prête ; mais, au moment de monter dedans, ils s'embrassèrent, ce qui fit rire le public amassé sur le pont. Et M. Paul, prenant ses rames, partit aussi pour la Grenouillère.

Quand ils arrivèrent, il allait être trois heures, et le grand café flottant regorgeait de monde.

L'immense radeau, couvert d'un toit goudronné que supportent des colonnes de bois, est relié à l'île charmante de Croissy par deux passerelles dont l'une pénètre au milieu de cet établissement aquatique, tandis que l'autre en fait communiquer l'extrémité avec un îlot minuscule planté d'un arbre et surnommé le « Pot-à-Fleurs », et, de là, gagne la terre auprès du bureau des bains.

M. Paul attacha son embarcation le long de l'établissement, il escalada la balustrade du café, puis, prenant les mains de sa maîtresse, il l'enleva, et tous deux s'assirent au bout d'une table, face à face.

De l'autre côté du fleuve, sur le chemin de halage, une longue file d'équipages s'alignait. Les fiacres alternaient avec de fines voitures de gommeux : les uns lourds, au ventre énorme écrasant les ressorts, attelés d'une rosse au cou tombant, aux genoux cassés ; les autres sveltes, élancées sur des roues minces, avec des chevaux aux jambes grêles et tendues, au cou dressé, au mors neigeux d'écume, tandis que le cocher, gourmé dans sa livrée, la tête raide en son grand col, demeurait les reins inflexibles et le fouet sur un genou.

La berge était couverte de gens qui s'en venaient par familles, ou par bandes, ou deux par deux, ou solitaires. Ils arrachaient des brins d'herbe, descendaient jusqu'à l'eau, remontaient sur le chemin, et tous, arrivés au même endroit, s'arrêtaient, attendant le passeur. Le lourd bachot allait sans fin d'une rive à l'autre, déchargeant dans l'île ses voyageurs.

Le bras de la rivière (qu'on appelle le bras mort), sur lequel donne ce ponton à consommations, semblait dormir, tant le courant était faible. Des flottes de yoles, de skifs, de périssoires, de podoscaphes, de gigs, d'embarcations de toute forme et de toute nature, filaient sur l'onde immobile, se croisant, se mêlant, s'abordant, s'arrêtant brusquement d'une secousse des bras pour s'élancer de nouveau sous une brusque tension des muscles, et glisser vivement comme de longs poissons jaunes ou rouges.

Il en arrivait d'autres sans cesse : les unes de Chatou, en amont ; les autres de Bougival, en aval ; et des rires allaient sur l'eau d'une barque à l'autre, des appels, des interpellations ou des engueulades. Les canotiers exposaient à l'ardeur du jour la chair brunie et bosselée de leurs biceps ; et, pareilles à des fleurs étranges, à des fleurs qui nageraient, les ombrelles de soie rouge, verte, bleue ou jaune des barreuses s'épanouissaient à l'arrière des canots.

Un soleil de juillet flambait au milieu du ciel ; l'air semblait plein d'une gaieté brûlante ; aucun frisson de brise ne remuait les feuilles des saules et des peupliers.

Là-bas, en face, l'inévitable Mont-Valérien étageait dans la lumière crue ses talus fortifiés ; tandis qu'à droite, l'adorable coteau de Louveciennes, tournant avec le fleuve, s'arrondissait en demi-cercle, laissant passer par place, à travers la verdure puissante et sombre des grands jardins, les blanches murailles des maisons de campagne.

Aux abords de la Grenouillère, une foule de promeneurs circulait sous les arbres géants qui font de ce coin de l'île le plus délicieux parc du monde. Des femmes, des filles aux cheveux jaunes, aux seins démesurément rebondis, à la croupe exagérée, au teint plâtré de fard, aux yeux charbonnés, aux lèvres sanguinolentes, lacées, sanglées en des robes extravagantes, traînaient sur les frais gazons le mauvais goût criard de leurs toilettes ; tandis qu'à côté d'elles des jeunes gens posaient en leurs accoutrements de gravures de modes, avec des gants clairs, des bottes vernies, des badines grosses comme un fil et des monocles ponctuant la niaiserie de leur sourire.

L'île est étranglée juste à la Grenouillère, et sur l'autre bord, où un bac aussi fonctionne amenant sans cesse les gens de Croissy, le bras rapide, plein de tourbillons, de remous, d'écume, roule avec des allures de torrent. Un détachement de pontonniers, en uniforme d'artilleurs, est campé sur cette berge, et les soldats, assis en ligne sur une longue poutre, regardaient couler l'eau.

Dans l'établissement flottant, c'était une cohue furieuse et hurlante. Les tables de bois, où les consommations répandues faisaient de minces ruisseaux poisseux, étaient couvertes de verres à moitié vides et entourées de gens à moitié gris. Toute cette foule criait, chantait, braillait. Les hommes, le chapeau en arrière, la face rougie, avec des yeux luisants d'ivrognes, s'agitaient en vociférant par un besoin de tapage naturel aux brutes. Les femmes, cherchant une proie pour le soir, se faisaient payer à boire en attendant ; et, dans l'espace libre entre les tables, dominait le public ordinaire du lieu, un bataillon de canotiers *chahuteurs* avec leurs compagnes en courte jupe de flanelle.

Un d'eux se démenait au piano et semblait jouer des pieds et des mains ; quatre couples bondissaient un quadrille ; et des jeunes gens les regardaient, élégants, corrects, qui auraient semblé comme il faut si la tare, malgré tout, n'eût apparu.

Car on sent là, à pleines narines, toute l'écume du monde, toute la crapulerie distinguée, toute la moisissure de la société parisienne : mélange de calicots, de cabotins, d'infimes journalistes, de gentilshommes en curatelle, de boursicotiers véreux, de noceurs tarés, de vieux viveurs pourris ; cohue interlope de tous les êtres suspects, à moitié connus, à moitié perdus, à moitié salués, à moitié déshonorés, filous, fripons, procureurs de femmes, chevaliers d'industrie à l'allure digne, à l'air matamore qui semble dire : « Le premier qui me traite de gredin, je le crève. »

Ce lieu sue la bêtise, pue la canaillerie et la galanterie de bazar. Mâles et femelles s'y valent. Il y flotte une odeur d'amour, et l'on s'y bat pour un oui ou pour un non, afin de soutenir des réputations vermoulues que les coups d'épée et les balles de pistolet ne font que crever davantage.

Quelques habitants des environs y passent en curieux, chaque dimanche ; quelques jeunes gens, très jeunes, y apparaissent chaque année, apprenant à vivre. Des promeneurs, flânant, s'y montrent ; quelques naïfs s'y égarent.

C'est, avec raison, nommé la *Grenouillère*. A côté du radeau couvert où l'on boit, et tout près du « Pot-à-Fleurs », on se baigne. Celles des femmes dont les rondeurs sont suffisantes viennent là montrer à nu leur étalage et faire le client. Les autres, dédaigneuses, bien qu'amplifiées par le coton, étayées de ressorts, redressées par-ci, modifiées par-là, regardent d'un air méprisant barboter leurs sœurs.

Sur une petite plate-forme, les nageurs se pressent pour piquer leur tête. Ils sont longs comme des échalas, ronds comme des citrouilles, noueux comme des branches d'olivier, courbés en avant ou rejetés en arrière par l'ampleur du ventre, et, invariablement laids, ils sautent dans l'eau qui rejaillit jusque sur les buveurs du café.

Malgré les arbres immenses penchés sur la maison flottante et malgré le voisinage de l'eau, une chaleur suffocante emplissait ce lieu. Les émanations des liqueurs répandues se mêlaient à l'odeur des corps et à celle des parfums violents dont la peau des marchandes d'amour est pénétrée et qui s'évaporaient dans cette fournaise. Mais sous toutes ces senteurs diverses flottait un arôme léger de poudre de riz qui parfois disparaissait, reparaissait, qu'on retrouvait toujours, comme si quelque main cachée eût secoué dans l'air une houppe invisible.

Le spectacle était sur le fleuve, où le va-et-vient incessant des barques tirait les yeux. Les canotières s'étalaient dans leur fauteuil en face de leurs mâles aux forts poignets, et elles considéraient avec mépris les quêteuses de dîners rôdant par l'île.

Quelquefois, quand une équipe lancée passait à toute vitesse, les amis descendus à terre poussaient des cris, et tout le public, subitement pris de folie, se mettait à hurler.

Au coude de la rivière, vers Chatou, se montraient sans cesse des barques nouvelles. Elles approchaient, grandissaient, et, à mesure qu'on reconnaissait les visages, d'autres vociférations partaient.

Un canot couvert d'une tente et monté par quatre femmes descendait lentement le courant. Celle qui ramait était petite, maigre, fanée, vêtue d'un costume de mousse avec ses cheveux relevés sous un chapeau ciré. En face d'elle, une grosse blondasse habillée en homme, avec un veston de flanelle blanche, se tenait couchée sur le dos au fond du bateau, les jambes en l'air sur le banc des deux côtés de la rameuse, et elle fumait une cigarette, tandis qu'à chaque effort des avirons sa poitrine et son ventre frémissaient, ballottés par la secousse. Tout à l'arrière, sous la tente, deux belles filles grandes et minces, l'une brune et l'autre blonde, se tenaient par la taille en regardant sans cesse leurs compagnes.

Un cri partit de la Grenouillère : « V'là Lesbos ! » et, tout à coup, ce fut une clameur furieuse ; une bousculade effrayante eut lieu ; les verres tombaient ; on montait sur les tables ; tous, dans un délire de bruit, vociféraient : « Lesbos ! Lesbos ! Lesbos ! » Le cri roulait, devenait indistinct, ne formait plus qu'une sorte de hurlement effroyable, puis, soudain, il semblait s'élancer de nouveau, monter par l'espace, couvrir la plaine, emplir le feuillage épais des grands arbres, s'étendre aux lointains coteaux, aller jusqu'au soleil.

La rameuse, devant cette ovation, s'était arrêtée tranquillement. La grosse blonde étendue au fond du canot tourna la tête d'un air nonchalant, se soulevant sur les coudes ; et les deux belles filles, à l'arrière, se mirent à rire en saluant la foule.

Alors la vocifération redoubla, faisant trembler l'établissement flottant. Les hommes levaient leurs chapeaux, les femmes agitaient leurs mouchoirs, et toutes les voix, aiguës ou graves, criaient ensemble : « Lesbos ! » On eût dit que ce peuple, ce ramassis de corrompus, saluait un chef, comme ces escadres qui tirent le canon quand un amiral passe sur leur front.

La flotte nombreuse des barques acclamait aussi le canot des femmes, qui repartit de son allure somnolente pour aborder un peu plus loin.

M. Paul, au contraire des autres, avait tiré une clef de sa poche, et, de toute sa force, il sifflait. Sa maîtresse, nerveuse, pâlie encore, lui tenait le bras pour le faire taire et elle le regardait cette fois avec une rage dans les yeux. Mais lui, semblait exaspéré, comme soulevé par une jalousie d'homme, par une fureur profonde, instinctive, désordonnée. Il balbutia, les lèvres tremblantes d'indignation :

« C'est honteux ! on devrait les noyer comme des chiennes, avec une pierre au cou. »

Mais Madeleine, brusquement, s'emporta ; sa petite voix aigre devint sifflante, et elle parlait avec volubilité, comme pour plaider sa propre cause :

« Est-ce que ça te regarde, toi ? Sont-elles pas libres de faire ce qu'elles veulent, puisqu'elles ne doivent rien à personne ? Fiche-nous la paix avec tes manières et mêle-toi de tes affaires... »

Mais il lui coupa la parole.

« C'est la police que ça regarde, et je les ferai flanquer à Saint-Lazare, moi ! »

Elle eut un soubresaut :

« Toi ?

— Oui, moi ! Et, en attendant, je te défends de leur parler, tu entends, je te le défends. »

Alors elle haussa les épaules, et calmée tout à coup :

« Mon petit, je ferai ce qui me plaira ; si tu n'es pas content, file, et tout de suite. Je ne suis pas ta femme, n'est-ce pas ? Alors tais-toi. »

Il ne répondit pas et ils restèrent face à face, avec la bouche crispée et la respiration rapide.

A l'autre bout du grand café de bois, les quatre femmes faisaient leur entrée. Les deux costumées en homme marchaient devant : l'une maigre, pareille à un garçonnet vieillot, avec des teintes jaunes sur les tempes ; l'autre, emplissant de sa graisse ses vêtements de flanelle blanche, bombant de sa croupe le large pantalon, se balançait comme une oie grasse, ayant les cuisses énormes et les genoux rentrés. Leurs deux amies les suivaient et la foule des canotiers venait leur serrer les mains.

Elles avaient loué toutes les quatre un petit chalet au bord de l'eau, et elles vivaient là, comme auraient vécu deux ménages.

Leur vice était public, officiel, patent. On en parlait comme d'une chose naturelle, qui les rendait presque sympathiques, et l'on chuchotait tout bas des histoires étranges, des drames nés de furieuses jalousies féminines, et des visites secrètes de femmes connues, d'actrices, à la petite maison du bord de l'eau.

Un voisin, révolté de ces bruits scandaleux, avait prévenu la gendarmerie, et le brigadier, suivi d'un homme, était venu faire une enquête. La mission était délicate ; on ne pouvait, en somme, rien reprocher à ces femmes, qui ne se livraient point à la prostitution. Le brigadier, fort perplexe, ignorant même à peu près la nature des délits soupçonnés, avait interrogé à l'aventure, et fait un rapport monumental concluant à l'innocence.

On en avait ri jusqu'à Saint-Germain.

Elles traversaient à petits pas, comme des reines, l'établissement de la Grenouillère ; et elles semblaient fières de leur célébrité, heureuses des regards fixés sur elles, supérieures à cette foule, à cette tourbe, à cette plèbe.

Madeleine et son amant les regardaient venir, et dans l'œil de la fille une flamme s'allumait.

Lorsque les deux premières furent au bout de la table, Madeleine cria : « Pauline ! » La grosse se retourna, s'arrêta, tenant toujours le bras de son moussaillon femelle :

« Tiens ! Madeleine... Viens donc me parler, ma chérie. »

Paul crispa ses doigts sur le poignet de sa maîtresse ; mais elle lui dit d'un tel air : « Tu sais, mon p'tit, tu peux filer », qu'il se tut et resta seul.

Alors elles causèrent tout bas, debout, toutes les trois. Des gaietés heureuses passaient sur leurs lèvres ; elles parlaient vite ; et Pauline, par instants, regardait Paul à la dérobée avec un sourire narquois et méchant.

A la fin, n'y tenant plus, il se leva soudain et fut près d'elle d'un élan, tremblant de tous ses membres. Il saisit Madeleine par les épaules : « Viens, je le veux, dit-il, je t'ai défendu de parler à ces gueuses. »

Mais Pauline éleva la voix et se mit à l'engueuler avec son répertoire de poissarde. On riait alentour ; on s'approchait ; on se haussait sur le bout des pieds afin de mieux voir. Et lui restait interdit sous cette pluie d'injures fangeuses ; il lui semblait que les mots sortant de cette bouche et tombant sur lui le salissaient comme des ordures, et, devant le scandale qui commençait, il recula, retourna sur ses pas, et s'accouda sur la balustrade vers le fleuve, le dos tourné aux trois femmes victorieuses.

Il resta là, regardant l'eau, et parfois, avec un geste rapide, comme s'il l'eût arrachée, il enlevait d'un doigt nerveux une larme formée au coin de son œil.

C'est qu'il aimait éperdument, sans savoir pourquoi, malgré ses instincts délicats, malgré sa raison, malgré sa volonté même. Il était tombé dans cet amour comme on tombe dans un trou bourbeux. D'une nature attendrie et fine, il avait rêvé des liaisons exquises, idéales et passionnées ; et voilà que ce petit criquet de femme, bête, comme toutes les filles, d'une bêtise exaspérante, pas jolie même, maigre et rageuse, l'avait pris, captivé, possédé des pieds à la tête, corps et âme. Il subissait cet ensorcellement féminin, mystérieux et tout-puissant, cette force inconnue, cette domination prodigieuse, venue on ne sait d'où, du démon de la chair, et qui jette l'homme le plus sensé aux pieds d'une fille quelconque sans que rien en elle explique son pouvoir fatal et souverain.

Et là, derrière son dos, il sentait qu'une chose infâme s'apprêtait. Des rires lui entraient au cœur. Que faire ? Il le savait bien, mais ne le pouvait pas.

Il regardait fixement, sur la berge en face, un pêcheur à la ligne immobile.

Soudain le bonhomme enleva brusquement du fleuve un petit poisson d'argent qui frétillait au bout du fil. Puis il essaya de retirer son hameçon, le tordit, le tourna, mais en vain ; alors, pris d'impatience, il se mit à tirer, et tout le gosier saignant de la bête sortit avec un paquet d'entrailles. Et Paul frémit, déchiré lui-même jusqu'au cœur ; il lui sembla que cet hameçon c'était son amour et que, s'il fallait l'arracher, tout ce qu'il avait dans la poitrine sortirait ainsi au bout d'un fer recourbé, accroché au fond de lui, et dont Madeleine tenait le fil.

Une main se posa sur son épaule ; il eut un sursaut, se tourna ; sa maîtresse était à son côté. Ils ne se parlèrent pas ; et elle s'accouda comme lui à la balustrade, les yeux fixés sur la rivière.

Il cherchait ce qu'il devait dire, et ne trouvait rien. Il ne parvenait même pas à démêler ce qui se passait en lui ; tout ce qu'il éprouvait, c'était une joie de la sentir là, près de lui, revenue, et une lâcheté honteuse, un besoin de pardonner tout, de tout permettre pourvu qu'elle ne le quittât point.

Enfin, au bout de quelques minutes, il lui demanda d'une voix très douce : « Veux-tu que nous nous en allions ? il ferait meilleur dans le bateau. »

Elle répondit : « Oui, mon chat. »

Et il l'aida à descendre dans la yole, la soutenant, lui serrant les mains, tout attendri, avec quelques larmes encore dans les yeux. Alors elle le regarda en souriant et ils s'embrassèrent de nouveau.

Ils remontèrent le fleuve tout doucement, longeant la rive plantée de saules, couverte d'herbes, baignée et tranquille dans la tiédeur de l'après-midi.

Lorsqu'ils furent revenus au restaurant Grillon, il était à peine six heures ; alors, laissant leur yole, ils partirent à pied dans l'île, vers Bezons, à travers les prairies, le long des hauts peupliers qui bordent le fleuve.

Les grands foins, prêts à être fauchés, étaient remplis de fleurs. Le soleil qui baissait étalait dessus une nappe de lumière rousse, et, dans la chaleur adoucie du jour finissant, les flottantes exhalaisons de l'herbe se mêlaient aux humides senteurs du fleuve, imprégnaient l'air d'une langueur tendre, d'un bonheur léger, comme d'une vapeur de bien-être.

Une molle défaillance venait aux cœurs, et une espèce de communion avec cette splendeur calme du soir, avec ce vague et mystérieux frisson de vie épandue, avec cette poésie pénétrante, mélancolique, qui semblait sortir des plantes, des choses, s'épanouir, révélée aux sens en cette heure douce et recueillie.

Il sentait tout cela, lui ; mais elle ne le comprenait pas, elle. Ils marchaient côte à côte ; et soudain, lasse de se taire, elle chanta. Elle chanta de sa voix aigrelette et fausse quelque chose qui courait les rues, un air traînant dans les mémoires, qui déchira brusquement la profonde et sereine harmonie du soir.

Alors il la regarda, et il sentit entre eux un infranchissable abîme. Elle battait les herbes de son ombrelle, la tête un peu baissée, contemplant ses pieds, et chantant, filant des sons, essayant des roulades, osant des trilles.

Son petit front, étroit, qu'il aimait tant, était donc vide, vide ! Il n'y avait là-dedans que cette musique de serinette ; et les pensées qui s'y formaient par hasard étaient pareilles à cette musique. Elle ne comprenait rien de lui ; ils étaient plus séparés que

181

s'ils ne vivaient pas ensemble. Ses baisers n'allaient donc jamais plus loin que les lèvres ?

Alors elle releva les yeux vers lui et sourit encore. Il fut remué jusqu'aux moelles, et, ouvrant les bras, dans un redoublement d'amour, il l'étreignit passionnément.

Comme il chiffonnait sa robe; elle finit par se dégager, en murmurant par compensation : « Va, je t'aime bien, mon chat. »

Mais il la saisit par la taille, et, pris de folie, l'entraîna en courant ; et il l'embrassait sur la joue, sur la tempe, sur le cou, tout en sautant d'allégresse. Ils s'abattirent, haletants, au pied d'un buisson incendié par les rayons du soleil couchant, et, avant d'avoir repris haleine, ils s'unirent, sans qu'elle comprît son exaltation.

Ils revenaient en se tenant les deux mains, quand soudain, à travers les arbres, ils aperçurent sur la rivière le canot monté par les quatre femmes. La grosse Pauline aussi les vit, car elle se redressa, envoyant à Madeleine des baisers. Puis elle cria : « A ce soir ! »

Madeleine répondit : « A ce soir ! »

Paul crut sentir soudain son cœur enveloppé de glace.

Et ils rentrèrent pour dîner.

Ils s'installèrent sous une des tonnelles au bord de l'eau et se mirent à manger en silence. Quand la nuit fut venue, on apporta une bougie, enfermée dans un globe de verre, qui les éclairait d'une lueur faible et vacillante ; et l'on entendait à tout moment les explosions de cris des canotiers dans la grande salle du premier.

Vers le dessert, Paul, prenant tendrement la main de Madeleine, lui dit : « Je me sens très fatigué, ma mignonne ; si tu veux, nous nous coucherons de bonne heure. »

Mais elle avait compris la ruse, et elle lui lança ce regard énigmatique, ce regard à perfidies qui apparaît si vite au fond de l'œil de la femme. Puis, après avoir réfléchi, elle répondit : « Tu te coucheras si tu veux, moi j'ai promis d'aller au bal de la Grenouillère. »

Il eut un sourire lamentable, un de ces sourires dont on voile les plus horribles souffrances, mais il répondit d'un ton caressant et navré : « Si tu étais bien gentille nous resterions tous les deux. » Elle fit « non » de la tête sans ouvrir la bouche. Il insista : « T'en prie ! ma bichette. » Alors elle rompit brusquement : « Tu sais ce que je t'ai dit. Si tu n'es pas content, la porte est ouverte. On ne te retient pas. Quant à moi, j'ai promis : j'irai. »

Il posa ses deux coudes sur la table, enferma son front dans ses mains, et resta là, rêvant douloureusement.

Les canotiers redescendirent en braillant toujours. Ils repartaient dans leurs yoles pour le bal de la Grenouillère.

Madeleine dit à Paul : « Si tu ne viens pas, décide-toi, je demanderai à un de ces messieurs de me conduire. »

Paul se leva : « Allons ! » murmura-t-il.

Et ils partirent.

La nuit était noire, pleine d'astres, parcourue par une haleine embrasée, par un souffle pesant, chargé d'ardeurs, de fermentations, de germes vifs qui, mêlés à la brise, l'alentissaient. Elle promenait sur les visages une caresse chaude, faisait respirer plus vite, haleter un peu, tant elle semblait épaissie et lourde.

Les yoles se mettaient en route, portant à l'avant une lanterne vénitienne. On ne distinguait point les embarcations, mais seulement ces petits falots de couleur, rapides et dansants, pareils à des lucioles en délire ; et des voix couraient dans l'ombre de tous côtés.

La yole des deux jeunes gens glissait doucement. Parfois, quand un bateau lancé passait près d'eux, ils apercevaient soudain le dos blanc du canotier éclairé par sa lanterne.

Lorsqu'ils eurent tourné le coude de la rivière, la Grenouillère leur apparut dans le lointain. L'établissement en fête était orné de girandoles, de guirlandes en veilleuses de couleur, de grappes de lumières. Sur la Seine circulaient lentement quelques gros bachots représentant des dômes, des pyramides, des monuments compliqués en feux de toutes nuances. Des festons enflammés traînaient jusqu'à l'eau ; et quelquefois un falot rouge ou bleu, au bout d'une immense canne à pêche invisible, semblait une grosse étoile balancée.

Toute cette illumination répandait une lueur alentour du café, éclairait de bas en haut les grands arbres de la berge dont le tronc se détachait en gris pâle, et les feuilles en vert laiteux, sur le noir profond des champs et du ciel.

L'orchestre, composé de cinq artistes de banlieue, jetait au loin sa musique de bastringue, maigre et sautillante, qui fit de nouveau chanter Madeleine.

Elle voulut tout de suite entrer. Paul désirait auparavant faire un tour dans l'île ; mais il dut céder.

L'assistance s'était épurée. Les canotiers presque seuls restaient avec quelques bourgeois clairsemés et quelques jeunes gens flanqués de filles. Le directeur et organisateur de ce cancan, majestueux dans un habit noir fatigué, promenait en tous sens sa tête ravagée de vieux marchand de plaisirs publics à bon marché.

La grosse Pauline et ses compagnes n'étaient pas là ; et Paul respira.

On dansait : les couples face à face cabriolaient éperdument, jetaient leurs jambes en l'air jusqu'au nez des vis-à-vis.

Les femelles, désarticulées des cuisses, bondissaient dans un envolement de jupes révélant leurs dessous. Leurs pieds s'élevaient au-dessus de leurs têtes avec une facilité surprenante, et elles balançaient leurs ventres, frétillaient de la croupe, secouaient leurs seins, répandant autour d'elles une senteur énergique de femmes en sueur.

Les mâles s'accroupissaient comme des crapauds avec des gestes obscènes, se contorsionnaient, grimaçants et hideux, faisaient la roue sur les mains, ou bien, s'efforçant d'être drôles, esquissaient des manières avec une grâce ridicule.

Une grosse bonne et deux garçons servaient les consommations.

Ce café-bateau, couvert seulement d'un toit, n'ayant aucune cloison qui le séparât du dehors, la danse échevelée s'étalait en face de la nuit pacifique et du firmament poudré d'astres.

Tout à coup le Mont-Valérien, là-bas, en face, sembla s'éclairer comme si un incendie se fût allumé derrière. La lueur s'étendit, s'accentua, envahissant peu à peu le ciel, décrivant un grand cercle lumineux, d'une lumière pâle et blanche. Puis quelque chose de rouge apparut, grandit, d'un rouge ardent comme un métal sur l'enclume. Cela se développait lentement en rond, semblait sortir de terre ; et la lune, se détachant bientôt de l'horizon, monta doucement dans l'espace. A mesure qu'elle s'élevait, sa nuance pourpre s'atténuait, devenait jaune, d'un jaune clair, éclatant ; et l'astre paraissait diminuer à mesure qu'il s'éloignait.

Paul le regardait depuis longtemps, perdu dans cette contemplation, oubliant sa maîtresse. Quand il se retourna, elle avait disparu.

Il la chercha, mais ne la trouva pas. Il parcourait les tables d'un œil anxieux, allant et revenant sans cesse, interrogeant l'un et l'autre. Personne ne l'avait vue.

Il errait ainsi, martyrisé d'inquiétude, quand un des garçons lui dit : « C'est Mme Madeleine que vous cherchez. Elle vient de partir tout à l'heure en compagnie de Mme Pauline. » Et, au même moment, Paul apercevait, debout à l'autre extrémité du café, le mousse et les deux belles filles, toutes trois liées par la taille, et qui le guettaient en chuchotant.

Il comprit, et, comme un fou, s'élança dans l'île.

Il courut d'abord vers Chatou ; mais, devant la plaine, il retourna sur ses pas. Alors il se mit à fouiller l'épaisseur des taillis, à vagabonder éperdument, s'arrêtant parfois pour écouter.

Les crapauds, par tout l'horizon, lançaient leur note métallique et courte.

Vers Bougival, un oiseau inconnu modulait quelques sons qui arrivaient affaiblis par la distance. Sur les larges gazons la lune versait une molle clarté, comme une poussière de ouate ; elle pénétrait les feuillages, faisait couler sa lumière sur l'écorce argentée des peupliers, criblait de sa pluie brillante les sommets frémissants des grands arbres. La grisante poésie de cette soirée d'été entrait dans Paul malgré lui, traversait son angoisse affolée, remuait son cœur avec une ironie féroce, développant jusqu'à la rage en son âme douce et contemplative ses besoins d'idéale tendresse, d'épanchements passionnés dans le sein d'une femme adorée et fidèle.

Il fut contraint de s'arrêter, étranglé par des sanglots précipités, déchirants.

La crise passée, il repartit.

Soudain il reçut comme un coup de couteau ; on s'embrassait, là, derrière ce buisson. Il y courut ; c'était un couple amoureux, dont les deux silhouettes s'éloignèrent vivement à son approche, enlacées, unies dans un baiser sans fin.

Il n'osait pas appeler, sachant bien qu'Elle ne répondrait point ; et il avait aussi une peur affreuse de les découvrir tout à coup.

Les ritournelles des quadrilles avec les solos déchirants du piston, les rires faux de la flûte, les rages aiguës du violon lui tiraillaient le cœur, exaspérant sa souffrance. La musique enragée, boitillante, courait sous les arbres, tantôt affaiblie, tantôt grossie dans un souffle passager de brise.

Tout à coup il se dit qu'Elle était revenue peut-être ? Oui ! elle était revenue ! pourquoi pas ? Il avait perdu la tête sans raison, stupidement, emporté par ses terreurs, par les soupçons désordonnés qui l'envahissaient depuis quelque temps.

Et, saisi par une de ces accalmies singulières qui traversent parfois les plus grands désespoirs, il retourna vers le bal.

D'un coup d'œil il parcourut la salle. Elle n'était pas là. Il fit le tour des tables, et brusquement se trouva de nouveau face à face avec les trois femmes. Il avait apparemment une figure désespérée et drôle, car toutes trois ensemble éclatèrent de gaieté.

Il se sauva, repartit dans l'île, se rua à travers les taillis, haletant. — Puis il écouta de nouveau, — il écouta longtemps, car ses oreilles bourdonnaient ; mais, enfin, il crut entendre un peu plus loin un petit rire perçant qu'il connaissait bien ; et il avança tout doucement, rampant, écartant les branches, la poitrine tellement secouée par son cœur qu'il ne pouvait respirer.

Deux voix murmuraient des paroles qu'il n'entendait pas encore. Puis elles se turent.

Alors il eut une envie immense de fuir, de ne pas voir, de ne pas savoir, de se sauver pour toujours, loin de cette passion furieuse qui le ravageait. Il allait retourner à Chatou, prendre le train, et ne reviendrait plus, ne la reverrait plus jamais. Mais son image brusquement l'envahit, et il l'aperçut en sa pensée quand elle s'éveillait au matin, dans leur lit tiède, se pressait câline contre lui, jetant ses bras à son cou, avec ses cheveux répandus, un peu mêlés sur le front, avec ses yeux fermés encore et ses lèvres ouvertes pour le premier baiser ; et le souvenir subit de cette caresse matinale l'emplit d'un regret frénétique et d'un désir forcené.

On parlait de nouveau ; et il s'approcha, courbé en deux. Puis un léger cri courut sous les branches tout près de lui ! Un cri ! Un de ces cris d'amour qu'il avait appris à connaître aux heures éperdues de leur tendresse. Il avançait encore, toujours, comme malgré lui, attiré invinciblement, sans avoir conscience de rien... et il les vit.

Oh ! si c'eût été un homme, l'autre ! mais cela ! cela ! Il se sentait enchaîné par leur infamie même. Et il restait là, anéanti, bouleversé comme s'il eût découvert tout à coup un cadavre cher et mutilé, un crime contre nature, monstrueux, une immonde profanation.

Alors, dans un éclair de pensée involontaire, il songea au petit poisson dont il avait vu arracher les entrailles... Mais Madeleine murmura : « Pauline ! » du même ton passionné qu'elle disait : « Paul ! » et il fut traversé d'une telle douleur qu'il s'enfuit de toutes ses forces.

Il heurta deux arbres, tomba sur une racine,

repartit, et se trouva soudain devant le fleuve, devant le bras rapide éclairé par la lune. Le courant torrentueux faisait de grands tourbillons où se jouait la lumière. La berge haute dominait l'eau comme une falaise, laissant à son pied une large bande obscure où les remous s'entendaient dans l'ombre.

Sur l'autre rive, les maisons de campagne de Croissy s'étageaient en pleine clarté.

Paul vit tout cela comme dans un songe, comme à travers un souvenir ; il ne songeait à rien, ne comprenait rien, et toutes les choses, son existence même, lui apparaissaient vaguement, lointaines, oubliées, finies.

Le fleuve était là. Comprit-il ce qu'il faisait ? Voulut-il mourir ? Il était fou. Il se retourna cependant vers l'île, vers Elle ; et, dans l'air calme de la nuit où dansaient toujours les refrains affaiblis et obstinés du bastringue, il lança d'une voix désespérée, suraiguë, surhumaine, un effroyable cri : « Madeleine ! »

Son appel déchirant traversa le large silence du ciel, courut par tout l'horizon.

Puis, d'un bond formidable, d'un bond de bête, il sauta dans la rivière. L'eau jaillit, se referma, et, de la place où il avait disparu, une succession de grands cercles partit, élargissant jusqu'à l'autre berge leurs ondulations brillantes.

Les deux femmes avaient entendu. Madeleine se dressa : « C'est Paul. » Un soupçon surgit en son âme. « Il s'est noyé », dit-elle. Et elle s'élança vers la rive, où la grosse Pauline la rejoignit.

Un lourd bachot monté par deux hommes tournait et retournait sur place. Un des bateliers ramait, l'autre enfonçait dans l'eau un grand bâton et semblait chercher quelque chose. Pauline cria : « Que faites-vous ? Qu'y a-t-il ? » Une voix inconnue répondit : « C'est un homme qui vient de se noyer. »

Les deux femmes, pressées l'une contre l'autre, hagardes, suivaient les évolutions de la barque. La musique de la Grenouillère folâtrait toujours au loin, semblait accompagner en cadence les mouvements des sombres pêcheurs ; et la rivière, qui cachait maintenant un cadavre, tournoyait, illuminée.

Les recherches se prolongeaient. L'attente horrible faisait grelotter Madeleine. Enfin, après une demi-heure au moins, un des hommes annonça : « Je le tiens ! » Et il fit remonter sa longue gaffe doucement, tout doucement. Puis quelque chose de gros apparut à la surface de l'eau. L'autre marinier quitta ses rames, et tous deux, unissant leurs forces, halant sur la masse inerte, la firent culbuter dans leur bateau.

Ensuite ils gagnèrent la terre, en cherchant une place éclairée et basse. Au moment où ils abordaient, les femmes arrivaient aussi.

Dès qu'elle le vit, Madeleine recula d'horreur. Sous la lumière de la lune, il semblait vert déjà, avec sa bouche, ses yeux, son nez, ses habits pleins de vase. Ses doigts fermés et raidis étaient affreux. Une espèce d'enduit noirâtre et liquide couvrait tout son corps. La figure paraissait enflée, et de ses cheveux collés par le limon une eau sale coulait sans cesse.

Les deux hommes l'examinèrent.

« Tu le connais ? » dit l'un.

L'autre, le passeur de Croissy, hésitait : « Oui, il me semble bien que j'ai vu cette tête-là ; mais tu sais, comme ça, on ne reconnaît pas bien. » Puis, soudain : « Mais c'est monsieur Paul !

— Qui ça, monsieur Paul ? » demanda son camarade. Le premier reprit :

« Mais M. Paul Baron, le fils du sénateur, ce p'tit qu'était si amoureux. »

L'autre ajouta philosophiquement :

« Eh bien, il a fini de rigoler maintenant ; c'est dommage tout de même quand on est riche ! »

Madeleine sanglotait, tombée par terre. Pauline s'approcha du corps et demanda : « Est-ce qu'il est bien mort ? — tout à fait ? »

Les hommes haussèrent les épaules : « Oh ! après ce temps-là ! pour sûr. »

Puis l'un d'eux interrogea : « C'est chez Grillon qu'il logeait ? — Oui, reprit l'autre ; faut le reconduire, y aura de la braise. »

Ils remontèrent dans leur bateau et repartirent, s'éloignant lentement à cause du courant rapide ; et longtemps encore après qu'on ne les vit plus de la place où les femmes étaient restées, on entendit tomber dans l'eau les coups réguliers des avirons.

Alors Pauline prit dans ses bras la pauvre Madeleine éplorée, la câlina, l'embrassa longtemps, la consola : « Que veux-tu, ce n'est point ta faute, n'est-ce pas ? On ne peut pourtant pas empêcher les hommes de faire des bêtises. Il l'a voulu, tant pis pour lui, après tout ! » Puis, la relevant : « Allons, ma chérie, viens-t'en coucher à la maison ; tu ne peux pas rentrer chez Grillon ce soir. » Elle l'embrassa de nouveau : « Va, nous te guérirons », dit-elle.

Madeleine se releva, et pleurant toujours, mais avec des sanglots affaiblis, la tête sur l'épaule de Pauline, comme réfugiée dans une tendresse plus intime et plus sûre, plus familière et plus confiante, elle partit à tout petits pas.

COMMENTAIRES
par

P. Wald Lasowski

L'originalité de l'œuvre

En 1880 paraissent, autour de Zola, *Les Soirées de Médan* et la contribution de Maupassant, *Boule de Suif*, qui se distingue aussitôt. Un "chef-d'œuvre" aux yeux de Flaubert. Et Zola lui-même reconnaît la supériorité de *Boule de Suif* sur les autres nouvelles qui composent le recueil : « Elle est certainement la meilleure des six, elle a une tenue, une finesse et une netteté d'analyse qui en font un petit chef-d'œuvre. Du reste, elle a suffi, dans le public lettré, pour mettre Maupassant au premier rang, parmi les jeunes écrivains d'avenir » (*Le Figaro* du 11 juillet 1881). Aplomb, tenue, finesse, netteté d'analyse — Maupassant se doit de confirmer toutes ces qualités, de les imposer comme sa marque propre. Il lui faut renouveler le chef-d'œuvre, s'attacher, capter, captiver le génie qui l'inspire. Un an plus tard, en mai 1881, *La Maison Tellier* tient en effet ces promesses : « Je crois que c'est au moins égal à *Boule de Suif*, sinon supérieur » (lettre de Maupassant à sa mère, janvier 1881). D'entrée, pour son premier recueil, dont le succès immédiat est considérable, *La Maison Tellier* a fixé la "supériorité" de Maupassant, a refermé sur elle le génie de la nouvelle qui habitait *Boule de Suif*. La très paisible maison close répond parfaitement à la prostituée en fuite. *La Maison Tellier boucle le génie de Maupassant*... Il peut signer seul désormais, au premier rang parmi les écrivains — « Il me serait fort désagréable d'écrire dans un recueil signé de plusieurs noms », écrit-il à un éditeur en décembre 1882 —, *mais il n'a pas d'avenir*. Car, fondamentalement, Maupassant n'a plus rien à ajouter. Il n'avancera plus qu'en nombre, condamné à "y revenir". En fondant l'innombrable série des Contes et Nouvelles, *La Maison Tellier* — la nouvelle, le recueil, le livre — a verrouillé son œuvre, une fois pour toutes.

Tous les contes qui vont suivre reviennent aux mêmes lieux, obéissent aux mêmes protocoles, partagent la même clarté. Peu importe que les thèmes, les obsessions, les figures majeures se retrouvent, identiques, dans chacun de ses recueils : c'est l'expérience du retour qui les hante. Comme « les fils, les petits-fils, les descendants » des premiers guillemots, ces oiseaux migrateurs : « ils reviennent encore ; ils reviendront toujours » *(La Roche aux guillemots)*. Les chasseurs qui reviennent à la belle saison, les narrateurs endurcis qui répandent leurs récits comme Sganarelle — « ravi d'en donner à droit et à gauche, partout où l'on se trouve » *(Dom Juan)* — offre de son tabac, les célibataires obstinés qui ont, chaque mois, chaque année, leur rendez-vous fixé, les circonstances qui se répètent parfaitement à cinq ans, à dix ans, à vingt ans de distance : l'œuvre de Maupassant connaît l'épuisement du retour... Le lecteur entend cette ritournelle — le cri d'un oiseau fou, d'un marchand de coco, d'un buveur réclamant son bock — qui est toujours, chez Maupassant, la marque du destin. Rengaine que Marie Bashkirtseff lui reproche : « Vous me reprochez d'avoir fait une rengaine avec la vieille femme aux Prussiens, mais tout est ren-

gaine. Je ne fais que cela ; je n'entends que cela »
(Lettre à Marie Bashkirtseff, mars 1884). Mais comment pourrait-il s'y soustraire, et comment le lui
reprocher, puisque c'est cela que le lecteur attend
de lui, dont il lui est reconnaissant : ces retrouvail-
les d'un conte à l'autre, le retour perpétuel de
Maupassant à sa marque. « Nul talent ne fut plus
mécanique, plus fatal, ne se renouvela si peu »,
écrit Rémy de Gourmont (*Épilogues*, novembre
1897). Car telle est la fatalité du conteur, la richesse
paradoxale du conte — et sa nature fantomatique
— qui ne répond parfaitement à l'attente du lecteur
que pour lui permettre de passer au suivant.
Richesse qui semble fondre, s'épuiser d'elle-même,
comme se rétracter *in extremis* : le lecteur n'est
jamais tant comblé que quand il en redemande un
autre. L'écriture implique sa propre liquidation.

La Maison Tellier, maison close, est le socle qui
fonde, et autorise, cet inlassable recommencement.
Jamais, en effet, Maupassant n'a montré tant
d'aplomb, tant d'assise que dans l'établissement de
cette maison bourgeoise et respectable. C'est à son
image, tel qu'il se présente lui-même à Gisèle
d'Estoc, au moment où il achève la nouvelle : « Je
ne suis pas grand, mais robuste et carré » (Lettre à
G. d'Estoc, janvier 1881). Carrure du conte. C'est
que le conte obéit à cette double exigence : de se
montrer "carré", fermé, nettement circonscrit (à
quoi contribue particulièrement la dernière phrase,
comme une conclusion vorace où bascule et s'engloutit le texte), et de se donner à lire dans la
limpidité d'une écriture transparente qui coule
de source à travers le recueil. Des canotiers aux
épaules larges se laissent porter au fil de l'eau sur
des yoles élégantes, étroites et minces comme des
jeunes filles *(Une partie de campagne)*... Et Maupassant multiplie à plaisir, conscient de chacun de ses

effets, tout ce qui peut contribuer à faire de sa *Maison Tellier* la nouvelle la plus "robuste", la *maison* la plus solide, la mieux établie, parmi toutes celles qui, autour de lui, ont ouvert leur porte à la littérature.

Car lorsque Maupassant fait paraître *La Maison Tellier*, la littérature est au roman et aux filles, à ces romans qui portent en titre le nom d'une fille comme un maquillage accrocheur et provocant, caressant le lecteur : *Marthe. Histoire d'une fille* (1876) de Huysmans, *La Fille Elisa* (1877) d'Edmond de Goncourt, *Nana* (1880) de Zola. Il faut y ajouter *L'Affaire du grand 7*, de Hennique, dans *Les Soirées de Médan*, qui sent son fait divers scandaleux, le rapport de police. A l'extension romanesque, Maupassant oppose le resserrement de la nouvelle ; à ces filles affriolantes, "la tenue si comme il faut", discrète et cependant massive, d'un titre bien assis. Dédaignant l'attrait du sensationnel, l'exotisme de la misère, *La Maison Tellier* affiche l'élévation bourgeoise du propriétaire. Le nom garantit l'honorabilité familiale du commerce. *Tellier* ne suggère rien, rassure, inébranlable. La malice est dans cette discrétion. Puisque c'est à partir de là, depuis cet embourgeoisement inaugural, que Maupassant se livre au jeu des prénoms de guerre, surnoms et sobriquets : l'établissement Tellier couve Fernande, Raphaële, Rosa la Rosse, Cocote et Balançoire, "les deux Pompes" !... Maupassant s'amuse visiblement. C'est en jouant, d'une écriture enjouée, soutenant jusqu'au bout la gageure, qu'il relève le défi d'un premier jeu de mots : qu'une maison close puisse, un soir, subitement, être fermée. Maupassant étend et boucle l'anecdote. *Maupassant ferme à double tour*. Il ne cessera de filer, tout au long de la nouvelle, la logique de ce redoublement.

Ainsi la même conversion logique éclaire, à rebours, le visage de Madame. Malgré « l'obscurité de ce logis toujours clos », l'hôtesse se présente : « invariablement gaie et la figure ouverte »... Maupassant clôture, déplace, renverse, surenchérit. Et *La Fille Elisa* lui sert de premier jet, naïf et pesant brouillon qu'il lui revient de corriger. Ici, Madame, « la grasse et bedonnante Madame », est occupée « à se rassembler, à se ramasser, repêchant autour d'elle sa graisse débordante, calant, avec un rebord de table, des coulées de chair flasque » *(La Fille Elisa)*, tandis que de son côté, Maupassant, d'un mot, d'un trait, expédie le sort de Monsieur. Ils sont, l'un et l'autre, logés à l'enseigne du gros numéro : « Sa nouvelle profession l'entretenant dans la mollesse et l'immobilité, il était devenu très gros, et sa santé l'avait étouffé. » Maison close est un ventre, une panse bien nourrie qui se repaît bourgeoisement, que gonfle l'honnête débauche de ses habitués "ventrus"... Chacune des réflexions pesantes et documentaires d'Edmond de Goncourt (embourbé dans l'illustration de « l'être psychologique et physiologique » de la prostituée) est, de la même façon, dévoyée. Le salon où la jeunesse se retrouve, qui « devient un centre où l'on cause » *(La Fille Elisa)*, s'affirme dans *La Maison Tellier* comme une véritable académie de province, un modèle de société respectable et tranquille, où l'ancien maire, l'armateur, le percepteur et l'agent d'assurances se rencontrent chaque soir, où le juge au tribunal de commerce fait figure de soupirant attitré de Madame... Et puisque Monsieur et Madame ont une fille qu'ils font élever hors de la *maison*, dans un couvent de Paris, clôture contre clôture, en prenant garde qu'elles ne se superposent jamais (ainsi, dans *La Terre* [1887] de Zola, M. et Mme Badeuil, bons propriétaires du 19 de la rue Aux Juifs, enverront successivement leur fille et leur petite-fille chez les sœurs de la Visitation de Chateaudun, « pour y être élevées religieusement, selon les principes les plus stricts de la morale »), Maupassant, au contraire, loin de les tenir éloignées, jette la jeune nièce de Madame dans les bras de toutes les filles qui la caressent et la couvrent de baisers : toute la troupe, triomphante, est venue assister à la première communion.

Maupassant s'affirme, la nouvelle s'accomplit à travers ces renversements successifs. Femmes entre elles, aux deux pôles extrêmes de la virginité et de la prostitution, également recluses, et, par là, suscitant mille fantasmes (car l'univers fantasmatique, parce qu'il est lui-même condamné à la réclusion, reconnaît, savoure ces lieux clos) : tous les conteurs depuis le Moyen Age aiment à rapprocher les nonnes en leur couvent des filles du bordeau, développant les multiples figures qu'autorise ce rapprochement. Et Maupassant s'en amuse lui aussi. La maison Tellier — dont les fenêtres ont vue sur la côte de la Vierge... — est située derrière l'église Saint-Étienne ; la petite lanterne allumée toute la nuit — flamme de l'esprit, phare des jouissances, fanal des naufrageurs — qui signale que la maison est ouverte à toutes les urgences, est semblable à « celles qu'on allume encore en certaines villes aux pieds des madones encastrées dans les murs » ; et, plus encore, pendant le séjour à Virville, la troupe de Madame paraît une sainte procession, la marche turque de totems rutilants, devant laquelle on se signe. Ces dames ont bouclé le cercle qui les ramène au couvent : la Maison Tellier *édifie* la paroisse, aux yeux du prêtre les filles sont devenues "mes chères sœurs"... Il est vrai que, loin de semer le trouble, elles ont alors recouvré l'innocence. La nuit qui précède la communion, comme toutes les veilles, est pleine de révélations. Il faut lire Maupassant entre « Booz endormi » de Hugo et « Les premières communions » de Rimbaud : « Vraiment, c'est bête, ces églises des villages... » (« Les premières communions », écrit en juillet 1871, *Poésies*). La première communion — si elle est socialement un rite de passage — est en effet, dans le poème de Rimbaud, une épreuve sexuelle. Aux veilles religieuses s'opposent les invocations des jeunes filles brûlantes dans leur lit. La "petite fille inconnue" ne peut dormir, elle s'agite et veut la fraîcheur « Sous le drap, vers son ventre et sa poitrine en feu... » Sa "virginité" saigne pour la première fois : « Elle avait rêvé rouge. Elle saigna du nez [...] » Et Maupassant, qui se montrera si attentif à ces frissons, ces troubles et ces agitations nocturnes, prend le parti contraire. Constance bien sûr ne peut dormir, mais c'est dans les bras de Rosa la Rosse qu'elle trouve calme et repos, que l'innocence lui est rendue. Tandis que les souffles de la nuit bercent la phrase de mélopée biblique : « Et jusqu'au jour la communiante reposa son front sur le sein nu de la prostituée. » La Booz endormie.

Et c'est encore Rosa que Rivet, « à moitié dévêtu », tente de violenter. Non seulement elle n'a pas cherché à le séduire, mais elle se refuse à lui. La prostituée "ne veut pas"! Joseph est lui-même Putiphar. La fable est renversée.

Ainsi les filles, tout au long de la nouvelle, épousent, selon les circonstances, les désignations les plus diverses et les plus opposées. Tout y passe, successivement, le comique troupier et l'économie bourgeoise : les "pensionnaires", la "compagnie", le "troupeau", le "bataillon volant", le "régiment Tellier", "mes chères sœurs", la "marchandise humaine", — jusqu'au plus trivial, sous le couvert d'une lettre d'affaires : « Chargement de morues retrouvé. » Maupassant fait en sorte qu'en dépit de sa discrétion, et comme malgré lui, les "gros mots" qui choquent tant Madame figurent dans le texte. Il en va de même du "nom propre" de l'établissement Tellier autour duquel Maupassant ne cesse de jouer, invoquant les plaisanteries convenues, les périphrases de Flaubert (« On le désignait par des périphrases : "L'endroit que vous savez"... », *L'Éducation sentimentale*), arrachant une à une les peaux successives du nom sans paraître y toucher : "là", "y", "la maison", "le lieu", "le salon", "le logis", "la bergerie", "monastère" et "garnison", "où vous savez" — puisque c'est *le lieu convenu* par excellence. Mais la maison va bientôt fermer ses portes, et c'est au grand air qu'on approchera au plus près du "nom propre", quand les pensionnaires échappées folâtrent sur l'herbe « au bord de la petite rivière qui coule dans les fonds de Valmont ». Valmont ferme la phrase ; sous son apparente simplicité, l'indication topographique scelle une secrète signature. *Valmont* est en effet le pseudonyme sous lequel Maupassant a signé son poème *Au bord de l'eau* (1876), repris en 1879 sous le titre *Une fille*, qui lui vaut d'être cité à comparaître pour outrages aux bonnes mœurs : « Je suis décidément poursuivi pour outrages aux mœurs et à la morale publique !!! Et cela à cause de *Au bord de l'eau* » (Lettre à Flaubert, 14 février 1880). Maison close et morale publique, établissement public et morale confinée. C'est *au bord de l'eau* que Valmont saisit les *filles*. Il faut l'entendre dans la vieille langue qu'affectionnait Joseph Prunier, le Maupassant des bords de Seine, "estonant" canotier menant la nef des filles. Il faut entendre *au bordeau* : « Vieux pour bordel », écrit Littré.

Et l'on comprend pourquoi un certain docteur

Borde (comme le vague parent du Bordenave de *Nana*) est, dans *La Maison Tellier*, le responsable des mesures sanitaires. Il faut prendre à la lettre la propreté du nom. Borde a lavé "le gros mot"... Flaubert raconte dans une lettre comment Maupassant s'arrête en maison close sur le chemin d'une cure, s'y retrempant au passage. Littré donne à l'étymologie de "Bordel" : « dérivé de *borde* », et, plus loin, « lavoir public avec un petit abri ». Lui tenant lieu de toutes les cures, c'est au bord du lavoir que rôde Maupassant.

Le recueil le confirme. C'est parce que Madame connaît les vertus tonifiantes du grand air, c'est parce qu'elle emmène son "troupeau" à la campagne que son établissement est lui-même, relativement, aéré : « Le bâtiment, humide et vieux, sentait légèrement le moisi. » Bonne vieille maison bourgeoise. L'extension de la moisissure est ailleurs, au bord de l'eau bien sûr, au bordeau de la Grenouillère où Maupassant étale largement « toute la moisissure de la société parisienne » *(La Femme de Paul)*. La dernière nouvelle ferme effectivement le recueil. Aux bords de la petite rivière s'oppose le fleuve dans lequel Paul va se jeter ; à l'honnête débauche de Fécamp, toute la sexualité trouble que suggèrent ces noms, déjà, Chatou et Bougival ; aux bonnes filles de Madame, ces femmes « au teint plâtré de fard, aux lèvres sanguinolentes, lacées, sanglées en des robes extravagantes » *(La Femme de Paul)*. Filles aux cheveux jaunes, lascives et tranchantes, à côté desquelles les pensionnaires provinciales de la Maison Tellier font figure — ultime renversement — de premières communiantes...

Étude des personnages

Partout à travers le recueil (à l'exception des *Tombales* que Maupassant ajoute en 1891), s'impose la présence de l'eau. Sans qu'il faille y voir le souci d'une unité, d'une continuité (souci auquel Maupassant n'a jamais été sensible quand il rassemblait ses nouvelles), elle apparaît pleine de secrets, de souvenirs ou de mirages, de cadavres aussi avec leur masque de vase. Aucun personnage n'échappe à la tentation et, comme le vieux canotier de *Sur l'eau*, tous se trouvent à un moment crucial du récit, "près de l'eau", "sur l'eau" ou "dans l'eau"... Ainsi, *Sur l'eau* décrit une trajectoire parfaite. Le narrateur a loué « une petite maison de campagne au bord de la Seine », où il rencontre un canotier enragé qui, un soir, alors qu'ils se promenaient « au bord de la Seine », raconte une aventure d'épouvante : comment, incapable de lever l'ancre, immobilisé sur son canot, il a passé une nuit sur l'eau, hanté par l'idée « qu'un être ou qu'une force invisible l'attirait doucement au fond de l'eau ». Et l'on comprend combien cette double inscription, ce double *ancrage* au bord de la Seine, était nécessaire à l'origine du récit : ce qui retenait l'ancre, ce qui tirait le canotier « par les pieds tout au fond de cette eau noire » (comme le diable vient chercher le vieux flibustier et sa bouteille de rhum), c'est le cadavre d'une vieille femme avec une grosse pierre au cou. Aux "fantasmagories du pays des fées", à "l'éclat superbe des neiges" qui ravissent le canotier sur l'eau, répondent ces fonds marécageux, toute "l'épaisseur du noir". La vieille femme et sa pierre sont, au fond de l'eau, le reflet épouvantable du canotier et de son ancre. Ils s'attirent l'un l'autre. *Sur l'eau* est le récit de cette attirance, de ce combat. Et si la vieille femme remonte enfin, libérant le bateau, les fonds de l'eau attendent alors un nouveau noyé. Car la rivière cache toujours un cadavre. C'est un démon qu'il faut nourrir, et les personnages de Maupassant sont les figures échappées de cette mythologie. On glisse avant de sombrer. Sans doute, les souffles de la rivière exaltent le printemps, fouettent le désir des passagers de la Mouche qui filent vers Suresnes, se caressant du regard, portés par le courant *(Au printemps)* ; sans doute Henri et Henriette, émus, grisés par ce "tête-à-tête sur l'eau", vont faire chanter le rossignol dans le sous-bois *(Une partie de campagne)*. Mais Simon garde dans l'œil le spectacle d'un pauvre diable qu'on a repêché devant lui, lavé de sa misère, lorsqu'il court à la rivière pour s'y noyer « parce qu'il n'avait pas de père » *(Le Papa de Simon)* ; mais Paul — qui aurait tant voulu que les femmes de Lesbos soient noyées « comme des chiennes avec une pierre au cou » — se jette dans la Seine, vaincu par la grosse Pauline *(La Femme de Paul)*. Les amants s'abandonnent au fil de l'eau ; les noyés remontent, portant le masque de la mort, comme embaumés dans la vase : *le retour du cadavre* est souvent, chez Maupassant, la seule et ultime réponse à l'étreinte amoureuse, à l'interrogation du désir.

La rivière captive et retient, captifs, les corps, les souvenirs : au bord du fleuve commence le long "défilé des évocations", Caravan retrouve sa mère et son enfance en Picardie, la mémoire, d'un coup, remontée *(En famille)*. Il semble qu'ici, tout *tourne autour* de l'eau. Et c'est pourquoi, même lorsque Maupassant évoque la puissance du fleuve, large et peuplé de flottilles, ou la rivière longue et sinueuse, l'image d'une mare s'impose au lecteur. Eau stagnante et croupie, ronde comme l'œil, ayant la perfection du gouffre. Étrange comme les mares, dans les nouvelles de Maupassant, peuvent être profondes... C'est l'un des aspects normands de Maupassant, la fascination devant ces eaux de province, mornes, éteintes, maussades, aussi "profondes" que l'était la bêtise pour Flaubert ; mare au diable, aux truies et aux canards, mare aux monstres. Suicide d'intelligence. Ce néant de la campagne (qu'on voit aussi dans l'œil des bovinés) a fasciné Flaubert et Maupassant. Visitant ensemble la maison de Corneille, au Petit-Couronne, c'est une mare vaseuse qui rassemble les trois Normands dans la même contemplation, qui fixe idéalement l'œil de l'écrivain : « Une vieille mare vaseuse avec une pierre en place de banc a dû servir à fixer l'œil et à recueillir l'esprit du vieux poète qui la considérait sans doute pendant des jours entiers » (Lettre de Maupassant à sa mère, 22 octobre 1878). Comme le seul horizon d'un vieillard hébété dans la cour de l'asile... Dans *Histoire d'une fille de ferme*, Rose fait à son tour l'expérience nécessaire de la station devant la mare : « Et tout à coup, pendant qu'elle regardait fixement cette mare profonde, un vertige la saisit, un désir furieux d'y plonger tout entière. » Simon, Caravan, Rose, Paul, tous sont saisis par ce vertige.

Vertiges de l'eau, mais aussi vertiges du désir : ils ont souvent la même intensité. Et Maupassant excelle à en multiplier les figures : l'excitation brutale de Rivet absolument congestionné ; l'entrée héroïque du Tournevau père de famille qui enlève dans ses bras la belle Juive avec une prestance d'opérette (il y a un côté "Second Empire" dans le bal qui s'organise à la fin de *La Maison Tellier*, prise du pouvoir, valses, champagne, fête et parodie de fête...) ; les baisers de Bardon qui, dans leur précipitation, confond ses deux maîtresses, la vivante et la morte, à mi-chemin du lit et de la tombe devant

cette demi-mondaine en demi-deuil ; l'amollissement de Rose, grisée par les odeurs et la lumière,
ouverte "au vague désir" qui la recouvre ; ou bien
au contraire, le coup de fouet, le coup de folie qui
saisit Paul et les amants abattus « au pied d'un
buisson incendié par les rayons du soleil couchant » *(La Femme de Paul)*... Les personnages brû-
lent, ou s'enlisent inexorablement. Mais le propre
de Maupassant, dans ses plus belles pages, est *de
faire miroiter le désir*, rompant la lance en éclats,
reflets, scintillements, promesse d'éblouissements.
Le désir est sujet à certaine nervosité liée à la
lumière. Comme des couleurs s'exaspèrent au
soleil, comme les yeux, soudain, sont embués. Le
meilleur Maupassant est ici, dans ces traits de
lumière (comme on parlerait ailleurs de traits d'esprit).

Ainsi les glissements de l'eau, les éclats du désir,
ses dessous, ses ruses et ses suites, lorsque l'enfant
paraît — dont Maupassant ne revient pas, lui
qui n'avait d'yeux que pour la mère —, sont le
cœur et le nœud de ces Contes. Et *La Maison
Tellier* apparaît au lecteur un théâtre d'obsessions, dont les multiples personnages, diversement, conte après conte, ne cessent de battre le
rappel.

Le travail de l'écrivain

Né dans la ville de Fécamp, mais déclaré par sa
mère au château de Miromesnil — dédaignant son
père, Gustave de Maupassant, au bénéfice de Gustave Flaubert (à tel point que la légende a couru
que le solitaire de Croisset était le véritable géni-
teur) — courant chaque jour des bords de la Seine
au Ministère, vivant « entre le bureau à Paris et la

rivière à Argenteuil » *(Mouche)* — fort et vigoureux, massif, « un des tempéraments les plus équilibrés et les plus sains de la jeune génération » selon Zola, mais miné très tôt, et très profondément, par la maladie — portant à l'apogée le genre du conte, mais taciturne dans les salons — écrivain de la clarté occupé à préserver ses yeux malades : toutes les biographies de Maupassant sont condamnées à présenter simultanément deux versions qui s'opposent, les deux bords d'une vie. Et la coexistence de ces oppositions donna très vite à Maupassant à la fois le sentiment du vide de l'existence — ce gouffre blanc — et celui de son relief. Car du désordre de la vie, Maupassant ne retient pas la contradiction tragique : l'écrivain n'y sera jamais sensible, le contraste seul l'intéresse. Quand le relief se forme sur fond d'indifférence ou de monotonie, quand frappe l'éclat de la lumière, quand les êtres ou les choses prennent sens le temps d'un récit qui les jette l'un contre l'autre.

Chacun de ses contes exprime *une sorte de mythologie intime de l'événement* qui se nourrit du contraste, et se résout en lui : un employé modèle en retard, une caresse adultère sous le nez du mari, un cadavre sous le lit. Les actions de guerre les plus tragiques comme le simple fait divers dans la grisaille des jours, les tribulations sans éclat des employés médiocres comme les farces les plus colorées obéissent à cette nécessité. Carrure du conte : fermeté du contraste, netteté du relief... Et c'est ainsi que le projet de *La Maison Tellier* prend naissance et s'impose à l'esprit de Maupassant : « J'ai presque fini ma nouvelle sur les femmes de bordel à la première communion », écrit-il à sa mère (janvier 1881). En post-scriptum d'une lettre désespérée, hantée par la solitude : « Je sens cet immense égarement de tous les êtres, le poids du vide. Et au milieu de cette débandade de tout, mon cerveau fonctionne lucide, exact, m'éblouissant avec le Rien éternel. » On comprend l'amertume du faune (de l'écrivain) qui pressent que, loin de s'opposer à la "débandade de tout", la violence du désir (de l'écriture) n'est elle-même que le *relief du vide*... Mais il reste, au milieu de cet égarement, seul repère, seul soutien, en dernier ressort, l'image exaspérée de prostituées à l'église, et cette série de contrastes poursuivie à travers le recueil : le petit Simon pâlot découvrant un père dans le grand forgeron Remy, la vieille morte qui ressuscite, les quincailliers à la campagne, Pauline supplantant Paul...

Et les couleurs elles-mêmes coupent le paysage avec une insolence épanouie, comme s'il ne restait de l'enchevêtrement des vêtements et des corps que cette criée de couleurs, nettes et tranchées. Ombrelles glissant sur l'eau, jarretières éblouissantes : « Un bout de cuisse nue passait sous la jupe de soie jaune relevée, coupant le drap noir du pantalon et les bas rouges étaient serrés par une jarretière bleue, cadeau du commis voyageur. » Cuisse nue, soie jaune, drap noir, jarretière bleue, les personnages (la prostituée, l'ancien maire et le commis voyageur) se recoupent à l'angle des peaux et des couleurs.

Ainsi la phrase dans sa vivacité, dans sa brutalité, court à l'essentiel. Il y a chez Maupassant l'urgence de passer à la ligne, à la page, au conte suivant, en oubliant, en "liquidant" ce qui vient d'être écrit. De l'église où Maupassant nous a tenus longtemps dans l'attente de l'Esprit (vrai morceau de bravoure d'une assemblée en extase), on passe aussitôt à la cohue de la sortie : « Maintenant on avait hâte de partir. » Maupassant efface tout. Pour, à nouveau, recommencer. Liquidation immédiate, vitesse de ces contes qui emportent le lecteur de recueil en recueil, dont le lecteur, comme le chasseur subjugué, saison après saison, guette impatiemment *le retour.*

Le livre et son public

C'est l'article que Zola consacre à *La Maison Tellier* dans *Le Figaro* du 11 juillet 1881 qui nous retiendra d'abord, par l'extraordinaire contresens qui lui fait prendre à la lettre l'épisode des prostituées saisies par la Grâce :

« Mais je pense que Maupassant a choisi ce sujet parce qu'il y a senti une note très humaine, remuant le fond même de la créature. Ces malheureuses, agenouillées dans cette église et sanglotant, l'ont tenté comme un bel exemple de l'éducation de jeunesse reparaissant sous les habitudes, si abominables qu'elles puissent être ; et il y a encore là les nervosités de la femme, le besoin du merveilleux, la foi qui persiste même dans l'abjection quotidienne. L'écrivain n'a pas eu l'idée de railler la religion ; il en a plutôt constaté la puissance. C'est toute une expérience philosophique et sociale, faite à la fois avec audace et discrétion. » Il y a pour nous, aujourd'hui (alors qu'aucun scandale n'est plus attaché au naturalisme), quelque chose de comique à lire ces lignes solennelles et sentencieuses qui montrent un Zola soucieux de sauver — de laver — Maupassant de tous les reproches. Le Maître de Médan ne le défend que pour mieux le coiffer d'un projet "philosophique et social" auquel Maupassant fut tout à fait étranger.

Et le contresens se poursuit, éclatant dans la conclusion : « Il faut maintenant qu'il écrive un roman, une œuvre de longue haleine pour donner toute sa mesure. » Zola ne jure que par le roman. C'est, à ses yeux, l'objet de l'écriture. Alors que les plus belles nouvelles de Maupassant sont écrites, alors qu'il vient précisément de donner toute sa mesure ! *Boule de Suif* et *La Maison Tellier* ont en effet connu un succès retentissant, ont, dès leur parution, consacré Maupassant. Elles sont, un siècle plus tard, à juste titre, ses œuvres les plus célèbres, que la peinture (on pense à Degas, à Willumsen, à Toulouse-Lautrec, à tous ces peintres de la prostituée et de la maison close, foyer des artistes) a contribué à fixer dans la mémoire, dont le cinéma s'est souvent inspiré...

Au jugement de Zola s'oppose celui d'Anatole France qui résume toute une tradition critique et cherche à rendre compte de l'audience exceptionnelle de l'œuvre de Maupassant : « M. de Maupassant est certainement un des plus francs conteurs de ce pays, où l'on fit tant de contes, et de si bons. Sa langue forte, simple, naturelle, a un goût de terroir qui nous la fait aimer chèrement. Il possède les trois grandes qualités de l'écrivain français, d'abord la clarté, puis encore la clarté et enfin la clarté » (*La Vie littéraire*). Hommage rendu à « l'écrivain français » par Anatole France.

Mais il faut citer aussi, dans toute leur ambiguïté, ces réflexions trop peu connues de Rémy de Gourmont : « Doué d'une faculté unique : conter, il conta, sans jamais s'arrêter pour réfléchir. Nul talent ne fut plus mécanique, plus fatal, ne se renouvela si peu. Il y a quelque chose d'attristant dans ce toujours la même chose, et on se demande si l'intelligence assume vraiment en de pareils hommes un rôle différent de celui qu'elle joue, pour nous confondre, en diverses manifestations zoologiques d'un illogisme indéchiffrable. M. de Maupassant fut un jeu de la Nature, un des phénomènes de l'Inconscient les plus curieux de ce temps. Une femme rêve... » (*Épilogues*, 1897, 34.)

Mécanique, zoologie, rêve de femme.

Phrases clefs - Pensées principales

On chercherait en vain quelques "pensées profondes" dans l'œuvre de Maupassant. C'est que les écrivains de la seconde moitié du XIXᵉ siècle sont confondus devant le triomphe de la Bourgeoisie identifié à celui de la Bêtise (cf. Flaubert). Comme pétrifiés devant cette masse énorme, les esprits les plus vifs, les plus pénétrants, les plus curieux d'entre eux, ont abandonné les formes littéraires de la pensée ; mais ironiques (et condamnés à l'ironie), désabusés, ils ne cessent de dénoncer les tares et les ridicules. L'engourdissement s'est substitué à la méditation ; le climat qui règne dans les rencontres, les dîners d'écrivains, est particulièrement étouffant. L'œuvre de Schopenhauer vient combler ce vide parce qu'elle n'est elle-même, à leurs yeux, que la philosophie du vide : « J'admire éperdument Schopenhauer et sa théorie de l'amour me semble la seule acceptable. La nature qui veut des êtres, a mis l'appât du sentiment autour du piège de la reproduction », écrit Maupassant à Gisèle d'Estoc, au moment où il achève *La Maison Tellier* (janvier 1881). Et les premières pages de l'*Histoire d'une fille de ferme* peuvent être lues en regard de cette admiration, la servante saisie par les mêmes ardeurs que tous les animaux de la basse-cour... Ainsi Maupassant n'est sensible qu'aux secousses de la vie, aux spasmes du désir, aux inquiétudes vagues, dans lesquels sont jetés des esprits atrophiés par la monotonie de l'existence : « La servante les regardait sans penser ; puis elle leva les yeux et fut éblouie par l'éclat des pommiers en fleur, tout blancs comme des têtes poudrées » *(Histoire d'une fille de ferme)*. Cette sorte d'amollissement — qui, comme par hasard, soudainement, se trouve ébloui — est au centre de nombreux contes. Voici Caravan décoré de la croix : « Jamais son esprit atrophié par la besogne abêtissante et quotidienne n'avait plus d'autres pensées, d'autres espoirs, d'autres rêves, que ceux relatifs à son ministère » *(En famille)*. Combien de personnages — paysans, bourgeois, employés — sont ainsi, dans l'œuvre de Maupassant, engourdis par la Nature ou la Médiocrité... Tandis que lui-même s'en *défend*, l'amant, le canotier, le faune !

« Vous dites que j'ai le sentiment de la nature ? Cela tient je crois à ce que je suis un peu faune.

« Oui, je suis faune et je le suis de la tête aux pieds. Je passe des mois seul à la campagne, la nuit, sur l'eau, tout seul, toute la nuit, le jour, dans les bois ou dans les vignes, sous le soleil furieux et tout seul, tout le jour.

« La mélancolie de la terre ne m'attriste jamais : je suis une espèce d'instrument à sensations que font résonner les aurores, les midis, les crépuscules, les nuits et autre chose encore. Je vis seul, fort bien, pendant des semaines sans aucun besoin d'affection. Mais j'aime la chair des femmes, du même amour que j'aime l'herbe, les rivières, la mer.

« Je vous répète que je suis un faune » (Lettre à Gisèle d'Estoc, janvier 1881). Maupassant a beau le répéter et se poser, tout d'une pièce, ouvert aux sensations, bondissant, triomphant et vorace : ses contes sont livrés en partage au frémissement de l'herbe et de l'eau, à l'éblouissement de l'air et des couleurs — jusqu'au désabusement final. Ce faune est biparti. Ce n'est pas "la clarté" qui gouverne son œuvre, mais cet appel, cette blessure lancinante qui est toujours au cœur de "la rengaine"...

Biographie

1850. — Naissance de Guy de Maupassant à Fécamp, le 5 août. Mais sa mère le déclare né au château de Miromesnil. Et ce va-et-vient d'identité furtive, entre la ville et le château, est une première déchirure qui, comme le développe Philippe Bonnefis *(Comme Maupassant)*, sépare Maupassant de lui-même, l'écarte de son nom... L'écriture de Maupassant aura elle-même ses deux « côtés ». Du côté du bourg, une sorte de pesanteur discrète, normande, irréfutable, qui abuse du participe présent bouclant la phrase. Et, conjointement, une vicacité nerveuse qui accuse le trait, fixe un type en quelques lignes, multiplie les notations de couleurs, Miromesnil aiguisant l'œil.

1856. — Naissance d'Hervé de Maupassant, frère de Guy.

1860-1868. — Séparée de Gustave de Maupassant, époux volage, père sans consistance — tout le contraire du forgeron Remy, le papa de Simon... —, Laure vit à Étretat avec ses deux enfants.
Guy est élève au séminaire d'Yvetot. « J'étais enfermé dans mon cloître d'Yvetot, écrit-il à Louis le Poittevin en avril 1868. Je ne sais si tu connais cette baraque, couvent triste, où règnent les curés, l'hypocrisie, l'ennui, etc., etc., et d'où s'exhale une odeur de soutane

214

qui se répand dans toute la ville d'Yvetot et qu'on garde encore malgré soi les premiers jours de vacances. » Mais les vacances au bord de la mer le délivrent de cette atmosphère confinée, de même qu'à Paris, quelques années plus tard, la Seine lui permettra d'échapper à "l'enfer" du bureau. A Étretat, le jeune homme embrasse d'un même coup d'œil le frémissement de l'air et le frisson des belles baigneuses qui entrent dans l'eau.

1869. — Chassé de l'Institution d'Yvetot — « pour irréligion et scandales divers », confiera-t-il plus tard —, Maupassant est inscrit au lycée de Rouen où, chaque dimanche, il retrouve Louis Bouilhet qui lui fait rencontrer Gustave Flaubert à Croisset. Très vite, Flaubert devient le Maître et ami, le confident, le correcteur des premiers textes. Maupassant lui fait part de ses ambitions, bientôt il lui racontera toutes ses « prouesses ».

1870. — Installé à Paris pour y suivre des cours à la faculté de droit, Maupassant est mobilisé lorsque la guerre franco-prussienne conduit le Second Empire à la débâcle. La défaite lui est profondément amère, et si de très nombreuses nouvelles s'inspirent de la guerre, ce ne sera jamais que par le biais de l'anecdote, tragique, comique ou sentimentale. L'échec collectif, la déroute des armées ne laisse plus de place qu'aux tribulations individuelles.

1872. — Maupassant entre au ministère de la Marine et des Colonies. Il connaîtra jusqu'en 1880 la vie de fonctionnaire, à la fois amusé et terrifié devant la médiocrité des employés de bureau qu'il côtoie. Le Caravan décoré d'*En famille*, figé dans sa dignité gélatineuse, parmi bien d'autres personnages, en porte témoignage.

1872-1875. — Maupassant mène joyeuse vie, courant du Ministère aux bords de Seine où il pratique vigoureusement le canotage. Mais le bord de l'eau s'affirme aussi comme un bordeau à ciel ouvert. Les prouesses sexuelles se confondent avec les exploits sportifs. Le même récit les embrasse : « Et fit Prunier, ce jour-là, moultes choses, tant estonantes, merveilleuses et superlatives prouesses es navigation, assavoir, remorqua de Bezons jusqu'à Argenteuil une tant espouvantablement grand nauf vélifère que cuyda laisser peau des mains sur avirons (deux belles putains estaient dans cette nauf vélifère) », écrit-il à son ami Fontaine en 1873. Et l'on commence à se demander si c'est sur ses avirons ou sur ses belles passagères que, menant sa nef de filles, Maupassant laisse la peau des mains... C'est l'époque où, par l'intermédiaire de Flaubert, Maupassant fait la connaissance de Goncourt, Daudet, Zola, de tous ceux qui formeront un temps "l'école naturaliste". Tel il apparaît alors, selon le témoignage de Zola : « De taille moyenne, râblé, les muscles durs, le sang sous la peau, il était alors un terrible canotier qui faisait pour son plaisir ses vingt lieues de Seine en un jour. En outre, c'était un fier mâle, il apportait des histoires de femmes stupéfiantes, des crâneries d'amour qui épanouissaient le bon Flaubert dans un rire énorme. » Fier mâle, terrible canotier, et, chaque fois, ici et là, affichant le goût de la performance — qu'il portera bientôt dans l'écriture de ses contes.

1875-1880. — Maupassant, attiré d'abord par le théâtre et la poésie, commence à écrire. Il publie en 1875 un conte fantastique, *La Main d'écorché*, en 1876 un poème, *Au bord de l'eau*, en 1879, *Le Papa de Simon*. En 1877, il a fixé le plan de son roman, *Une vie*.
Mais il commence sérieusement à consulter les médecins. Tantôt il identifie le mal, avec trop d'éloquence — « J'ai la vérole ! enfin ! la vraie ! » —, tantôt il pense à des maladies nerveuses, de l'estomac ou du cœur. Les traitements vont se multiplier. En vain.
Aux périodes d'intense activité succèdent de profondes dépressions. Le côté "farce" de l'existence se superpose au sentiment de sa "monotonie". Les lettres à Flaubert ne sont-elles si gaillardes que pour donner lieu, également, à la plus complète démoralisation : « Je ne vous écrivais point, mon cher Maître, parce que je suis complètement démoli moralement. Depuis trois semaines j'essaie à travailler tous les soirs sans avoir pu écrire une page propre. Rien, rien. »

1880. — *Les Soirées de Médan* paraissent en avril et la nouvelle de Maupassant, *Boule de Suif*, est aussitôt considérée comme la meilleure du recueil. Quelques jours plus tard, Maupassant publie *Des vers*. Mais, en mai, la mort soudaine de Flaubert... Maupassant se sent seul désormais, héritier du solitaire de Croisset ; il n'a plus d'autre destinataire que le public, foule grossissante, somme d'appétits qu'il entreprend de satisfaire.

1881. — C'est *La Maison Tellier*. Le livre marque la rencontre de deux mondes : celui des maisons closes que Maupassant fréquentera toujours, régulièrement, partout, et les bords de la Seine où il continue de se promener « en costume de canotier pour montrer [s]es bras ». *Sur l'eau, Au printemps, La Femme de Paul* reviennent ainsi sur les lieux de la peinture. Dès 1874, Manet peint les *Bords de la Seine à Argenteuil. En bateau, Claude Monet dans son atelier.* Et l'œuvre de Monet semble avoir tracé le chemin où s'engage Maupassant : *La Grenouillère* (1863), *Grosse mer à Étretat* (1868). Jusqu'à la grosse Pauline dont l'œil atone et bovin était, déjà, celui des *Demoiselles des bords de Seine* (1856) de Courbet.

Étretat, Grenouillère, bords de Seine : Maupassant n'a pas manqué sa rencontre avec la peinture. Elle se poursuit encore dans la maison close pour laquelle Cézanne affiche le goût le plus vif, où Van Gogh se réfugie, dont Toulouse-Lautrec peint les décors avant de s'y installer... Et quand Maupassant interprète *A la feuille de rose* (en 1875 et 1877), c'est, chaque fois, dans l'atelier d'un peintre... La peinture, comme l'écriture de Maupassant, aime les impressions de l'eau et le masque barbouillé, défait, des filles. Plus largement, *Une partie de campagne* est la contribution de Maupassant au *Déjeuner sur l'herbe* !

1882-1889. — Maupassant ne cesse d'écrire sur un rythme de plus en plus accéléré. Les recueils de contes se multiplient (*Mademoiselle Fifi* en 1882, *Les Contes de la Bécasse* en 1883, *Le Horla* en 1887, parmi tant d'autres), les romans se succèdent (*Une vie* en 1883, *Bel-Ami* en 1895, *Mont-Oriol, Pierre et Jean*...). Et cependant, comme au centre, au cœur de ces publications, l'ennui ne quitte plus Maupassant. Ses liaisons, furtives ou mondaines, ses voyages — en Algérie, en Italie, en Afrique du Nord —, sa grande renommée ne peuvent le distraire de tous les désordres de la maladie qui s'aggrave chaque année.

En 1888, Maupassant confie à Mme Strauss : « Il faut sentir, tout est là, il faut sentir comme une brute pleine de nerfs qui comprend qu'elle a senti et que chaque sensation secoue comme un tremblement de terre [...] » Où l'on retrouve, mais tendu, dramatisé à l'extrême, le thème de la brute violemment secouée.

1889-1893. — L'internement d'Hervé de Maupassant — que son frère lui-même conduit à l'asile —, puis sa mort, la même année, sont comme le reflet sinistre (Maupassant publie en 1889 *La Main gauche* et *Fort comme la mort*) de ce qui l'attend. Sa santé s'est en effet complètement détériorée. Maupassant se sent désormais condamné : « Le travail m'est absolument impossible. Dès que j'ai écrit dix lignes je ne sais plus du tout ce que je fais, ma pensée fuit comme l'eau d'une écumoire » (Lettre à sa mère, août 1890).

La paralysie gagne et la correspondance de Maupassant n'est plus qu'une dérisoire et désespérée nosographie jusqu'à cette nuit tragique du 1er janvier 1892 où il tente de se suicider. Entré à la clinique du docteur Blanche, il y meurt le 6 juillet 1893... Génie de l'écrivain, lupanar, asile : maisons closes.

Bibliographie

BONNEFIS, Philippe, *Comme Maupassant*, Presses Universitaires de Lille, 1891.

BUISINE, Alain, « Prose tombale », *Revue des Sciences humaines*, n° 160, 1975.

BUISINE, Alain, « Tel fils, quel père ? », in *Le Naturalisme*, Col. de Cerisy, U.G.E., 10/18, 1978.

BUISINE, Alain, « Profits et pertes », *Revue des Sciences humaines*, n° 173, 1979.

COGNY, Pierre, *Maupassant l'homme sans Dieu*, Bruxelles, La Renaissance du Livre, 1968.

FORESTIER, Louis, Édition des *Contes et Nouvelles*, Paris, Gallimard, « La Pléiade », 1974.

GRIVEL, Charles, « L'entre-jeu de la représentation : Maupassant, la science et le désir », *Revue des Sciences humaines*, n° 160, 1975.

LANOUX, Armand, *Maupassant le Bel-Ami*, Paris, Hachette, 1967, Le Livre de Poche, 1983.

SAVINIO, Alberto, *Maupassant et l'« Autre »*, Paris, Gallimard, 1977.

WALD LASOWSKI, Patrick, *Syphilis*, Paris, Gallimard, 1982.

Notre texte. — Pour éviter les multiples erreurs qui, au cours des éditions successives, ont altéré le texte de Maupassant, nous avons suivi le texte de la seconde édition de *La Maison Tellier* (Paris, Ollendorff, 1891) qui présente quelque différence avec la première édition (Paris, Havard, 1881) : ainsi, par exemple, les enfants dans l'église, d'abord « jetés sur les dalles par une dévotion brûlante » (1881) le sont finalement « par une espèce de peur dévote » (1891). Et c'est encore en 1891 que Maupassant ajoute *Les Tombales* au recueil initial.

NOTES

P. 18

1. La phrase se retrouve telle quelle dans *A rebours* de Huysmans (sans parler de *La Maison Philibert* de J. Lorrain), comme une sorte d'indicatif obligé qui fixe, en deux mots, l'époque et l'atmosphère. Dans *A rebours* (1884), c'est « une grande brune, aux yeux à fleur de tête, au nez busqué, qui remplissait chez Mme Laure l'indispensable rôle de la belle Juive ». Signes de connivence, mots de passe. Il est vrai que, de son côté, Maupassant emprunte à *Marthe. Histoire d'une fille* de Huysmans, le titre et certains traits de son *Histoire d'une fille de ferme...* Filles entre elles, écrivains entre eux.

P. 21

1. Devant ces Pimpesse, Poulin et Tournevau que la fermeture de la maison Tellier plonge dans le désarroi, aigris, tournant en rond et ruminant leur désœuvrement, comment ne pas penser au film de Fellini, *Les Vitelloni...* Les bovinés mâchent leur amertume provinciale. Le "réalisme" est toujours, à sa manière, une chronique de l'œil-de-bœuf.

P. 33

1. Il y a tout un aspect « fécampois » de l'écriture de Maupassant qu'épaissit le participe présent et sa causalité bouclant la phrase : « La place étant fort restreinte, on les avait réparties deux par deux dans les pièces. » Quelques lignes plus loin : « La journée ayant été pénible pour tout le monde, on se coucha bien vite après dîner. » On pourrait multiplier les exemples de cette massivité discrète, normande — ce côté "Étretat" — de l'écriture.

P. 39

1. L'influence d'*Un cœur simple* de Flaubert est considérable dans *La Maison Tellier* : le déjeuner de la mère Liébard, la communion de Virginie, la mort de Félicité dont l'oiseau plane au-dessus de la tête comme l'Esprit souffle sur les prostituées en extase... D'un conte à l'autre, Rosa et Félicité s'embrassent, échangent des recettes mystiques, se prêtent un perroquet.

P. 134

1. Il faut lire *Le Papa de Simon* comme un "conte" — de ceux qu'on destine aux enfants et qui les émerveillent — où se succèdent les *images saintes* de la IIIᵉ République : les enfants de l'école, galopins du village dans leur petite blouse, batailleurs et cruels, qui soulèvent aussitôt le souvenir (mais comme on dit : cela soulève le cœur) ; la fille mère qui a fauté, mais qui s'est ressaisie, sévère et digne, torturée de honte, élevant courageusement son petit, dans sa "petite maison blanche, très propre" ; le fils de la Blanchotte, pâle, blanc, livide, extrêmement sensible, qui, portant en lui toute la sentimentalité du *petit*, *pâlot, très propre, lavé du péché*, va l'offrir au "grand ouvrier", "barbe et cheveux noirs", plein de bonté : le forgeron ! Ainsi, dans les *Poésies* de Rimbaud, « Le Forgeron » répond à la blessure lancinante des « Étrennes des orphelins »...

Comme le petit chaperon rouge, traversant le village pour se rendre dans la forêt, passe devant la maison du cordonnier, du menuisier, du bûcheron, d'où sortent, à chaque fois, les coups répétés de la hache et du marteau, le petit Simon trouve dans la forge du village, à « la lueur rouge d'un foyer formidable », parmi les forgerons « frappant sur leurs enclumes avec un terrible fracas », la figure admirable d'un père. Père titanesque et tout à fait hugolien « debout dans les étincelles »... Hugo n'est-il pas lui-même le Père Dieu de la République.

P. 168

1. Curieux comme l'ange gardien suscité par Maupassant pour empêcher son héros de suivre la belle passagère dans les sous-bois, a tous les traits du diable. Tentateur qui souffle dans l'oreille et se frotte les mains. Véritable figure de l'Antéchrist au milieu de la fresque des canotiers et des célibataires en chasse.

TABLE DES MATIÈRES

Préface 5

La Maison Tellier 15
Les Tombales 53
Sur l'eau 63
Histoire d'une fille de ferme 71
En famille 99
Le Papa de Simon 133
Une partie de campagne 145
Au printemps 161
La Femme de Paul 169

COMMENTAIRES

L'originalité de l'œuvre 195
Étude des personnages 204
Le travail de l'écrivain 207
Le livre et son public 210
Phrases clefs - Pensées principales 212
Biographie 214
Bibliographie 220

NOTES 221

Composition réalisée par C.M.L., Montrouge.

IMPRIMÉ EN FRANCE PAR BRODARD ET TAUPIN
Usine de La Flèche (Sarthe).
LIBRAIRIE GÉNÉRALE FRANÇAISE - 6, rue Pierre-Sarrazin - 75006 Paris.

ISBN : 2 - 253 - 01345 - 5   ⟡ 30/0760/6